自己的世界

陈 侗

自己的世界

法国的生活与艺术

CHEN TONG GUETTANT L'ÉMERGENCE DE LA LITTÉRATURE FRANÇAISE CONTEMPORAINE.

JEAN-PHILIPPE TOUSSAINT

16-1-2002

Photo/Image: ©Jean-philippe Toussaint

湖南美术出版社

图书在版编目（CIP）数据

自己的世界：法国的生活与艺术 / 陈侗著. —长沙：湖南美术出版社，2002. 7

ISBN 7—5356—1660—7

Ⅰ. 自... Ⅱ. 陈... Ⅲ. 游记—作品集—中国—当代 Ⅳ. I267. 4

中国版本图书馆 CIP 数据核字（2002）第 047451 号

版权所有： 湖南美术出版社和陈侗，2002 年

自己的世界

——法国的生活与艺术

陈 侗著

责任编辑：李晓山

湖南美术出版社出版·发行

（长沙市雨花区火焰开发区 4 片，邮政编码：410016）

湖南省新华书店经销

排版：广东翰美设计有限公司

制版：广州领先电子分色彩印有限公司

印刷：深圳市彩帝印刷实业有限公司

开本：1194 × 889 1/32

印张：4. 25

2002 年 7 月第 1 版 2002 年 7 月第 1 次印刷

印数：1—5000 册

ISBN 7—5356—1660—7/J. 1557

定价：22. 00 元

我们比较容易从生活中制造出许多许多书，而从书里则引不出多少生活。

——弗朗茨·卡夫卡[1]

① 引自古斯塔夫·雅努施（Gustav Janouch）《卡夫卡对我说》，赵登荣译，时代文艺出版社 1991 年版，第 29 页。

导　引

（主题／人物／地点／事件）

午夜出版社

米其林地图，圣日耳曼德普雷，贝尔纳－帕里西街，热罗姆·兰东，阿兰·罗伯－格里耶，萨缪尔·贝克特，克里斯蒂安·奥斯特，玛丽·恩迪耶……

旅行开始

法国航空公司，雷蒙·莫尔第，杨诘苍……

平静的生活

阿兰·罗伯－格里耶，让－菲利普·图森，杨诘苍，玛格丽特·杜拉斯……

底层与真实

Les Halles，菲利普·拉勒，让·艾什诺兹，戈伯兰，《出征马来亚》，《新桥恋人》，皮埃尔·勒巴帕，五月风暴，打捞的汽车，黄永砯，巴贝斯，钥匙……

艺术在户外

罗卡恩与罗宏卜，涂鸦，伊天，吕克·贝松，弗朗索瓦·邦……

在法国的中国艺术家

杨诘苍，黄永砯，陈箴，严培明，王度……

两种文化之间

弗兰克－安德烈·雅姆，珊塔·本雅希娅，阿尔及利亚，热罗姆·兰东，《问题》……

书的博物馆

博尔赫斯书店，拉丁区，桅楼书店，吉贝尔·约瑟夫书店，伙伴书店，按字母排列，分类……

电影的季节

Les Inrockuptibles，杨德昌（《一一》），王家卫（《花样年华》），李安（《卧虎藏龙》），异国情调，让-菲利普·图森，安娜-多米尼克·图森，阿兰·罗伯-格里耶……

罗伯-格里耶在农村

阳江，杨诘苍，阿兰·罗伯-格里耶，麦尼尔城堡，拥抱……

花园与城堡

严培明，医生，巴尔比雷花园，飓风，麦尼尔城堡，阿兰·罗伯-格里耶，索伦·克尔凯戈尔，《反复》，重复，杨诘苍，《飓风眼》……

现在，你打开了这本刚刚从书店的“旅游”货架上找来的书，书名让你有点兴奋，因为它写的是法国的事情，而你正准备去那里旅行，你指望这本书帮助你了解那个充满香水、葡萄酒和奶酪气味的国家。

你错了。在飞机上，你的邻座纠正了你的想法：如果想得到在法国旅行的指引，你应当打开另一本书，那上面列出了你该去的所有地方的名字，还会教你如何坐车，如何合理地安排游览日程，如何用简短的法语向人问路……但是，你手里拿的这本书完全不是这么回事，它不仅帮不了你，反而会耽误你，让你不知道干什么才好。

是吗？

是的，往下读你就知道了。

他翻到第一页，指着第一行字对你说：写这本书的人喜欢用“我”，这表明他是相当主观的。一本旅游读物不能这样写，不能用“我”，而应当用“我们”，只有“我们”才能带出那些人人都感兴趣的事情……

在离我第一次到巴黎还相差十多年的时候，我已经收藏了一幅米其林版巴黎地图。这张地图非常大，大得可以盖住一张床。就像一个军事指挥员给自己从来没有去过的村子划上圆圈一样，我在地图上也给一个叫做“贝尔纳－帕里西”的街道做了标记，这本书要讲的事情将从这条不起眼的街道开始。

每一次去法国，无论是在中国这头还是法国那头，都有人问我是什么目的，我的回答总是吞吞吐吐。我说去玩，这是较“旅游观光”平淡一些的说法，也许还能让人猜测出其他内容。我内心很清楚，我要了解的不是这个国家的全部，而是发生在那里的一些具体的人和事。在巴黎，我有一些从中国去的朋友，他们让我感到亲切，打消了各种差别带来的恐惧。然而，单纯为了旅行方便，我也可以在纽约、洛杉矶、东京或者汉城找到我的朋友，我为什么没有试着变更一下地点和线路呢？我想，除了朋友们的关照使

圣日耳曼德普雷林阴大道。50年代，这里曾是让－保尔·萨特（Jean-Paul Sartre）、鲍里斯·维昂(Boris Vian)等作家的活动地带。为了去附近的贝尔纳－帕里西街，我和翻译约定的汇合地总是在圣日尔曼德普雷教堂门前。教堂的对面是著名的Louis Vuitton，旅游者来到这里，一般都是为了购买限量发售的皮包，而我则至今也不明白一种皮包为什么（能）限量发售。

坐落在贝尔纳－帕里西街的午夜出版社。上图摄于1998年4月，下图摄于2001年4月。墙面的重新粉刷是在1998年冬季完成的，热罗姆·兰东当时开玩笑地对我说，因为对面在刷房子，就请工人来这边顺便帮了一下忙。

我获得了在法国如同在家里的感觉，我那文化上明显的“亲法”倾向也为我提供了自在的理由。我不讳言可能会遭到嘲讽的这一点，并不意味着我对自己国家的文化失去了信心。事实上，正是中国文化从来都具有的兼容并蓄的特点，使我看到了文化交流的意义，并且相信自己是生活在一个资源共享、文化共生的时代。

坦率地说，我对法国的了解正因为我关注的只是一些具体的人和事而显得相对偏狭。在这一点上，我甚至无法与那些纯粹为了旅游而在巴黎住上三五天的人相比，他们去过的地方大部分都是我没有去过的（例如红磨坊），他们在景物前的留影也肯定比我的多。但是，如果说对一个地方保存一些记忆——无论是留在脑海中的还是显现在相纸上的——仍然是旅行的关键，我可以说，对于法国，我的记忆尽管不多却是深刻的。屈从于我那不愿轻易改来改去的性格，我总是反复地去到同一个地方，有时是为了实际的需要（例如去买回一本犹豫了多次的书），有时仅仅是为了加深某种记忆。我相信，在我回国后，在眼前的景物被置换，而且不知何时能重现的情况下，我仍然能找到那些记忆，完全是因为它们真正进入了我的生活，成为了我本人形象的一部分。

午夜出版社

贝尔纳-帕里西街，它的拼写是Bernard-Palissy，我们现在该去探访一下

午夜出版社的书外表所具有的基本特点是“白”。

1959年，新小说作家在午夜出版社门前合影。左起：阿兰・罗伯－格里耶（Alain Robbe-Grillet）、克洛德・西蒙（Claude Simon）、克洛德・莫里亚克（Claude Mauriac）、热罗姆・兰东（Jérome Lindon）、罗贝尔・潘热（Robert Pinget）、萨缪尔・贝克特（Samuel Beckett）、娜塔丽・萨洛特（Nathalie Sarraute）、克洛德・奥利埃（Claude Ollier）。

（摄影：© Mario Dondero，照片由午夜出版社提供）

了。这条街位于拉丁区，离街口不远就是圣日耳曼德普雷林阴大道，出了街口转右一直往前就到了蒙帕那斯，按我们的说法，它所处的位置算得上是黄金地段。与左左右右这些著名的街道和建筑物相比，贝尔纳－帕里西街只能算是一条不起眼的胡同，在小幅的地图上甚至也找不到它的名字。然而，50年代的一场文学革命使得它的声望从一个作家小圈子迅速地扩展至整个知识界。这场文学革命就是“新小说”，[1] 贝尔纳－帕里西街则是“新小说”出版基地午夜出版社的所在地。本来，一条街和一个出版社并不自动地构成形象上的必然联系，但是，自从50年代末的某一天新小说作家和他们的老板热罗姆·兰东（Jérôme Lindon）在出版社门前有了历史上惟一的一次合影后，这条小街和一个同样小的出版社就获得了精神上的一致性。人们发现，这条很少有人走动的街巷将它的静谧的特征传染给了午夜出版社，或者反过来说也是一样，午夜出版社将它的不求喧闹的性格传染给了贝尔纳－帕里西街。

我第一次走进贝尔纳－帕里西街时的确怀着一种朝圣的心情。那时，我与午夜出版社已经合作了好多年，出版了阿兰·罗伯－格里耶（Alain Robbe-Grillet）的《重现的镜子》和让－菲利普·图森（Jean-Philippe Toussaint）的《浴室》、《先生》和《照相机》。我急切地盼望着和社长

贝尔纳－帕里西街7号，午夜出版社的门牌，面积只有一个烟盒那么大。（摄影：©张海儿）

1 “新小说”的提法出自批评家埃米尔·昂里奥(Emile Henriot)1959年发表在《世界报》上的一篇文章。文章的本意是反对罗伯－格里耶和萨洛特的两部小说（《嫉妒》和《向性》），但是人们很快利用了这一提法，甚至也用它来指称发生在法国以外的新文学现象。

塞纳河艺术桥桥端的一块抵抗运动纪念碑，上面铭刻着“午夜出版社”、“维尔高尔”、“海的沉默”等字样。午夜出版社第一任社长维尔高尔的小说《海的沉默》奠定了该社在法国现代史上的地位。

萨缪尔·贝克特的《戏剧》第一卷（1971年版）。

萨缪尔·贝克特的戏剧《等待戈多》（1953年演出剧照）。

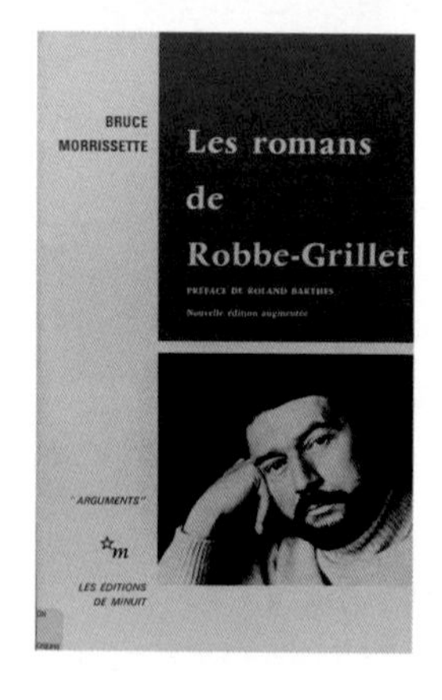

美国文学批评家布鲁斯·莫里塞特的《阿兰·罗伯-格里耶的小说》1963年由午夜出版社出版。

热罗姆·兰东见面，名义上是为了商谈进一步的合作，事实上却是因为仰慕一位当代文学的辛勤耕耘者，想从他那里获得一种支持，一种信心；此外，还有一种说不清楚的想与“美好的年代”[2]发生连带性的本能的虚荣。这种感觉，正如罗伯-格里耶在《重现的镜子》里所写道的：“我觉得自己与午夜出版社，与它的生存和命运紧紧地联在一起了，以至于当我从眼前这家出版社一下子谈到自己时，便体验到一种全新的自在，一种轻松，一种无须承担责任的叙述者的快乐。”[3]

关于午夜出版社，人们能说出来的特点总是那么几个：它很小，出书很少，总是在法国文学界挑起一些不大不小的争论，又总是有一些幸运的结果降临，例如萨缪尔·贝克特(Samuel Beckett)和克洛德·西蒙(Claude Simon)分别在1969年和1985年获诺贝尔文学奖。其余的评价，大致上又都涉及到两个核心人物：热罗姆·兰东和阿兰·罗伯-格里耶。从某种意义上来说，是他们两人共同推动了新小说运动。

要见到兰东先生并不是一件为难的事，他每天都坐在他的办公室处理事务，只要秘书通报一声，就可以安排会见的具体时间。他的办公室在三楼，旁边就是罗伯-格里耶的办公室（不过，在《重现的镜子》出版之前，罗伯-格里耶这位文学顾问已不再上班，这间办公室于是空置了下来)。每次

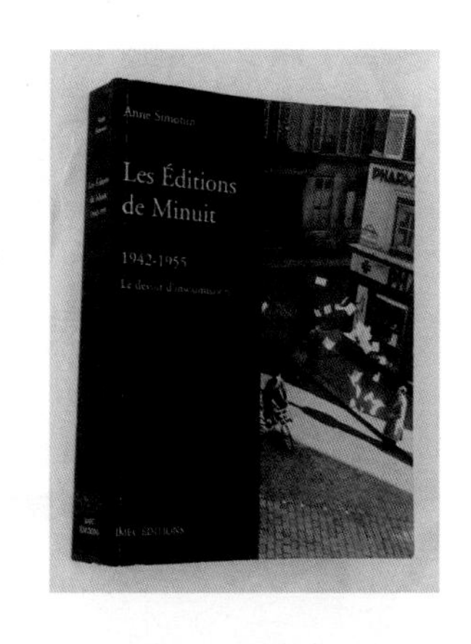

安娜·西莫南（Anne Simonin）的研究著作：《1942年至1955年的午夜出版社：以不顺从为己任》（法国当代出版记忆学会1994年版）。

2 语出罗贝尔·潘热《梦先生》结尾：“总之，那时我们尽管极其无知，却觉得尝试着写一点东西并不是不可能的。啊，美好的年代！”（引自车槿山的译文，湖南文艺出版社即将出版）

3 阿兰·罗伯-格里耶，《重现的镜子》，杜莉、杨令飞译，北岳文艺出版社1994年版，第6页。

午夜出版社社长热罗姆·兰东（摄于1999年）。
（照片由午夜出版社提供）

一个斗士离我们而去

4月13日，从巴黎打来的电话带给我一个不幸的消息：兰东4月9日去世了！

一小时后，另一个朋友发来传真：兰东4月9日去世了！

14日，又一个从巴黎打来的电话，没等对方说话，我先开了口：知道了，兰东去世了。

在另一头的法国，希拉克办公室和若斯潘办公室也得到了同样的消息；罗伯-格里耶已经从诺曼底的城堡赶回巴黎……

谁是兰东？简单地说，一位法国出版商；复杂一点，一位坚持按自己的方式推广新文学和新思想的奇怪人物。热罗姆·兰东，1925年6月9日生于巴黎，二战时参加过游击队，1945年起担任午夜出版社社长。在他任职的五十五年当中，以出版萨缪尔·贝克特以及罗伯-格里耶等人的"新小说"而著名，同时也因坚持家庭式管理和小型化生产所获得的巨大反响，创造了当代出版史上的奇迹。

我身后的这排书柜，一边是作为翻译样本的午夜版书籍，一边是它们的中文版，分别用白色和蓝色包装着罗伯-格里耶、让-菲利普·图森、让·艾什诺兹、克洛德·西蒙、玛格丽特·杜拉斯……其中只有一本小册子和兰东有着更为直接的关系：安娜·西莫南的《被历史控制的文学——午夜出版社里的新小说和阿尔及里亚战争》。如今，这些尚处在保鲜期的书籍由于它们的第一位发现者的去世，很快地具有了纪念意义，成为探险者里程的确凿标记。

这些饰有午夜之星的作品也可能曾经是不允许出生的。当一位未来的大作家带着他的手稿四处碰壁之后，他相信他最后的希望是在午夜出版社，因为热罗姆·兰东已经习惯于出版一些不被读者接受的书。最明显的例子是贝克特，1950年他的《莫洛伊》遭到了包括伽利玛在内的五家出版社的拒绝，但是兰东在地铁里读了这本书的手稿，他决定马上出版。从那一刻开始，兰东感到自己要成为一个真正的出版家了。事后，贝克特对妻子苏珊娜说："这个年轻人十分友好，但我想，他会因为我而破产的！"

兰东当时的确快要破产了。用罗伯-格里耶的话来说，他是"想在申报破产前把这本被所有法国、英国出版商拒绝的书出了"。这是为文学的未来所下的赌注。兰东赢了。先是贝克特1969年获诺贝尔文学奖，兰东代替他前往斯德哥尔摩；接着是"新小说"让人紧张得喘不过气。在70年代稍事歇息之后，兰东又发现和扶植了艾什诺兹等一大批年轻的作家。当然，我们不能忘了杜拉斯，她和兰东的关系时好时坏，但不可否认，她的那些最重要的作品都是出自贝尔纳-帕里西街的这幢小楼。

兰东的去世在巴黎成为了一个文化事件，人们隐隐约约感到了一个时代的结束。他被安葬在蒙帕那斯公墓，就在萨缪尔·贝克特的旁边，这标志着永远的友谊和探索的继续。13日，即葬礼的第二天，《世界报》、《解放报》等媒体纷纷辟专版加以报道；罗伯-格里耶接受采访，回忆起共同战斗的那些日子……一时间，热罗姆·兰东这个不常被提及的名字重又变得熟悉起来。

如果出版商这个身份还不足以概括兰东的一生，我想说，他还是一位从未写过小说的文学家，一位从未当过政治领袖的社会活动家。1958年，是他冒险出版了反对在阿尔及利亚战争中动用酷刑的《问题》一书；1960年，是他拟题并组织签署了关于在阿尔及利亚战争中"不服从"的"121人声明"，并且在后花园里印刷了这份声明，法属阿尔及利亚的支持者们因此唾骂他为"法兰西叛徒"。但是，正是这种政治上的参与或者说"背叛"，使"新小说"这个既不左也不右的"纯粹的风格练习"变成了"一种更具颠覆性的事业"。如果我们翻阅一下午夜出版社的图书目录，就会发现，文学和思想上的整体性在午夜并不体现为选择的单一。侦探、浪漫、色情、精神分析、马克思主义、托洛茨基、巴勒斯坦……所有的选择都朝着不同的方向，有时甚至是相互对立的。这就是兰东的主张。他总是在冒险，在背叛，以他的名义出版的《约拿之书》译本准确地体现了他的作风："约拿被派去救尼尼微城，但他却去了别的地方，而他去别的地方的同时却正好救了尼尼微城。"

说回"新小说"在中国的传播和影响，仍然是因为在这个世界上除了敢于冒险的作家，还有一个热罗姆·兰东。1998年，受湖南文艺出版社的委托，我与兰东协商出版"午夜文丛"。作为法方的顾问，兰东特别为年轻作家选取了最具代表性的作品，使这套丛书具有了非一般意义上的权威性。和早期的"新小说"一样，"新一代新小说"也反映了一个时代超前的美学观念，而这些名不见经传的年轻作者的书完全是由兰东这位年迈的鉴赏家作出判断的。若套用"新小说"过去的主张，它们有可能被排除在午夜幽灵家族之外，但是兰东的信条是"我的职业几乎不是营造过去，而是寻找未来的大作家"。贝克特、罗伯-格里耶、西蒙、杜拉斯，他们无疑已经是伟大的作家，新一代作家中谁能继承他们的位置？1999年龚古尔文学奖颁给艾什诺兹的《我走了》，可以说是极富象征意味的，它暗示着整个二十世纪的法国文学不得不以谩骂多过赞扬的"新小说"的发展为线索。《我走了》结尾的一句话仿佛是与一个时代，与它的光荣和梦想的懒洋洋的告别:

不过，我只呆一会儿，真的只呆一小会。我只喝一杯，然后，我就走。

我不知艾什诺兹是否带着这句话参加了兰东的葬礼，但我们已经看到，兰东真的只是在新的世纪呆了一小会。他走了，剩下的事情留给了我们。

走上楼梯，楼板都会发出咯咯的响声，而兰东先生的高大身躯显然也和这楼梯的狭窄和旋转度极不相称，以至于当我见到他为我将一箱样书拎下楼时，替他捏了一把汗。时至今日，在我的印象中，这位在事业上给我最大影响的出版家就像这房子，像这房子的每一处结构一样，虽然显得陈旧了一些，但是仍然坚固耐用。

1998年4月，我与热罗姆·兰东在午夜出版社办公室的合影。

我已经记不清在最近四年当中到过几次午夜出版社，不过我很清楚，我一共只见到过兰东先生两次。平常，当我在广州而他在巴黎时，我们的联系大都是通过邮寄的信件和传真的信件，从来不使用电子邮件。因为午夜出版社没有电子邮箱，所以我也没有电子邮箱，这已成为我拒绝在通讯上全面跟上时代的惟一理由。所有午夜出版社的稿件都是作者邮寄或亲自交到出版社，然后由兰东亲自作出是否出版的决定。在他任社长的五十多年当中，他出版了许多作品，同时也拒绝过一些作品。不过，和很多被拒绝的作品最后可能成为伟大的作品的结局不同，兰东的拒绝总是让作者心服口服。据《我的大公寓》一书的作者克里斯蒂安·奥斯特(Christian Oster)回忆，兰东第一次接见他便是为了拒绝他的第一部作品。"这个拒绝对我产生了一种神奇的效果，我继续下去了，"[4] 奥斯特说。当然，比拒绝更让人感动的是兰东所作出的那些出版的决定。

2002年，午夜出版社终于建立了自己的网页和电子邮箱，这可以看成是兰东的女儿伊莱娜接替社长职位以来所作的一项改革。

——作者补记

4 引自《解放报》，2001年4月13日（曾晓阳译）

Libération

CAHIER CENTRAL
Lacan au présent

Un homme livre

Jospin s'ajuste à la rue

Jérôme Lindon, éditeur du nouveau roman et directeur engagé des Editions de minuit, est mort à 75 ans. Page 2

sous une bonne étoile

L'EVENEMENT

Ses confrères éditeurs, ses auteurs historiques et

Autour de Minuit

Nouveau roman photo

Alain Robbe-Grillet «Complice littéraire»

Claude Simon «Admirable de lucidité»

"une absolue disponibilité" par Marie NDiaye

"je voulais n'envoyer mon premier livre qu'à Minuit" par Eric Laurrent

"éditer ce qui ne s'éditait pas" par Alain Robbe-Grillet

Le Monde

www.lemonde.fr

SAMEDI 14 AVRIL 2001

Jospin : l'emploi avant le social

● Le gouvernement maintient sa priorité à la création d'emplois ● Les jeunes et les salariés menacés de licenciement seront les premiers bénéficiaires des « ajustements » de sa politique sociale ● Le PCF et les Verts accueillent fraîchement les mesures annoncées

SAN-ANTONIO

DERNIÈRE ENQUÊTE
San-Antonio chez les Latinos

La mort de Jérôme Lindon

Radio-trottoir à Haikou : « Non, la Chine n'est pas faible ! »

Le tabac au travail

法国报刊对兰东的去世反应强烈。

女作家玛丽·恩迪耶(Marie NDiaye)十七岁时将她写的第一部小说《关于多彩的未来》寄给了兰东，第二天兰东就给恩迪耶的母亲打电话，约恩迪耶见面签合同。当时，恩迪耶还在中学读书，兰东就约好星期六中午去学校门口接她，因为他每个星期都要去公园散步。恩迪耶说：“我并没有怎么感动，但他有点感动……他比我更意识到这种情形的不寻常。”[5]

兰东去世的前一个星期，玛丽·恩迪耶的新书《罗西·卡佩》刚刚获得了广泛好评。图为《读书》杂志对恩迪耶进行的专题采访。

作家们的这些感慨是在兰东去世后的一个星期里由媒体传达出来的。在同一个时候，我也在中国的报纸上表达了同样的怀念之情。我不认为我的回忆塑造了一个“可见的”兰东，因为我们见面的次数毕竟太少，而且，语言上的障碍也使得我不能完好地体会他话语之间的友善和睿智。但是，就像兰东对真实性作出的独特见解一样[6]，我从少量的对话和极不显眼的动作中认识到的兰东，依然能够吻合这位本世纪最杰出的出版家的基本形象。当我在阿朗松的ROTO印刷厂和接待我的艾维沃夫人(Josiane Hervieu）谈到兰东时，我们一致的看法是：这是一个倔强的老人，他有着他自己的许多原则，正是这些原则使午夜出版社一直保持着独特的面目，一次又一次地经历了它的光荣和挫折。

我无法不用“我”来叙述我在法国见到的人和事。一般来说，“我”总是小

5 引自《解放报》，2001年4月13日（曾晓阳译）

6 参见本书注21（第75页）。

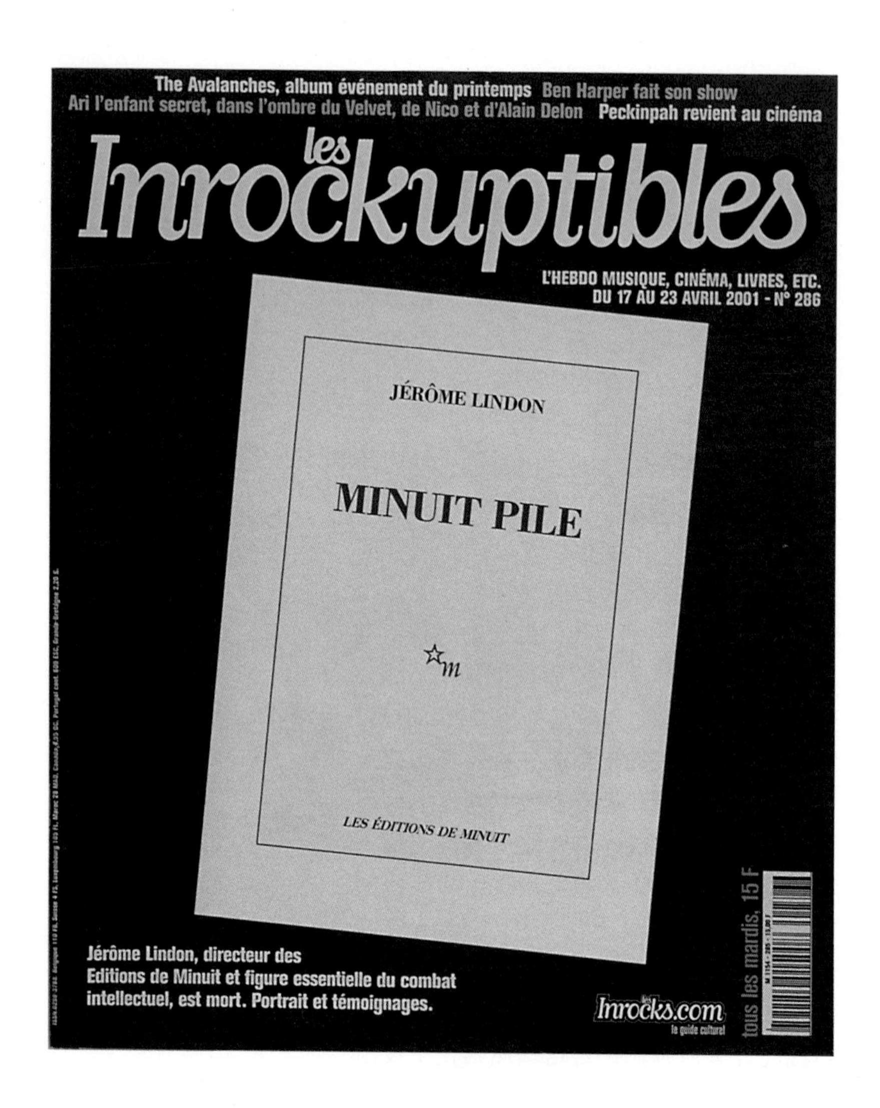

Les Inrockuptibles 周刊（2001 年 4 月 17 日至 23 日）以悼念热罗姆·兰东为主题。封面上的这本书并不存在，它只是模仿了午夜出版社图书封面的基本样式，“书名”为“热罗姆·兰东，午夜子时”。

的，在见证一个时代时，“我”最容易犯的毛病就是不能顾及到事件发生的背景。例如，在最初接触新小说时，我不能说对产生这一文学现象的背景有比对它自身的多样性更多的了解。我能够区别罗伯－格里耶与西蒙，可是，当一种从文学史出发的比较研究把罗伯－格里耶归于卡夫卡门下，把西蒙归于福克纳门下时[7]，我们将如何去发现那些显而易见的差别呢？西方文化，或局部一点，西方文学，有着与东方文学发展完全不同的曲线，对它们进行内部甄别，是处于这一文化体系外部的人无法胜任的……在面对一个很难从欧洲文化背景中割离开的法国文化时，我越来越不敢相信自己有描绘的能力。如果说本书的书名准确地对应了我所谈到的那些人和事，那么，在并不费解的字面意义上，它也非常贴近我自己：我把这个陌生的世界当成了我自己的世界。

阿兰·罗伯－格里耶小说《窥视者》最早的中文版（上海译文出版社，1979年版）。从某种意义上来说，这部小说是我的文学入门书。

旅行开始

我的法国之行可以说是珊珊来迟的，比我亲近它的文化迟了十年。1998年4月8日，在朋友依群的提议和资助下，为了共谋一项未知的事业，我终于登上了法国航空公司的飞机，从香港启德机场飞往巴黎。乘坐法航对于我来说是十分奢侈的选择，可我没有其他办法（我没有作任何市场调查就急匆匆地在中国旅行社的窗口买了票）。人们告诉我，如果想节省一些，可

7　参见阿尔诺·维维安（Arnaud Viviant），《午夜的魔王》，Les Inrockuptibles周刊，1998年第10期，译文见实验艺术丛书宣传手册《阿兰·罗伯－格里耶》，1998年11月。

Films Tv
Games
Music
Shopping
Geo Vision
Opinions
infos
Main screen
cOmix
TV tv
Cinema
SOCIETY
DRAMA
SUSPENSE
Next showing starts in minutes
Help
Solitaire
Othello
Jungle Kadoo
Version Originale
Rythmes & Notes
Mode Vogue
News & Sports
Please wait
while the game is being loaded
Solitaire
Main screen
TV news,
sports highlights,
Air France video magazine,
travel guide,films...
Landmarks
Flight time
Altitude
Newsflash,
Connections
CLASSICAL MUSIC
OPERA ARIAS
JAZZ
Sports
AIR FRANCE SPORTS 30mn
COMPUTER CHANNEL 30mn
ABC NEWS 30mn
FRENCH NEWS in french
replay every 2 hours

法航航班机上娱乐指示。

乘坐新加坡、马来西亚、泰国或越南航空公司的飞机，麻烦是要转机。我害怕转机，我担心行李莫名奇妙地被送往伊斯坦布尔、莫斯科或干脆留在了吉隆坡（这不是不可能的，在戴高乐机场，我就见到过至少一卡车无人领取的行李）。此外，还有那最最致命的说不了话的恐惧（不出机舱一切都好办）。对比今天法航公司针对中国乘客开展的各种语言服务——法语、英语、普通话、广东话，1998 年之前的空中服务可以说是相当具有法国味的，走进机舱就如同踏上了法国的土地：音乐是法语的，电视节目是法国电视台当天播出的，机上读物是《世界报》和《解放报》（我记得，在随后飞往尼斯的航班上，我顺手抓到的一张《世界报》上出现了整版关于午夜出版社的内容：纪念《问题》[8]出版四十周年。从那以后，我就开始相信巧合决不是偶然的）。只有一件事情在随时随地提醒人们，抵达戴高乐机场之前的这种所谓的法国感觉是由声音和画面渲染出来的：飞行指示图在整整三个小时当中一直标点着中国的城市，广州、长沙、郑州、北京……啊，天上的法国和地上的中国！以前我从未作过类似的空间联想，但现在我必须承认，由于职业性的文化过敏，我正经历着一场如罗伯-格里耶所讲的“拓扑学意义上的空间倒置”。

第一次“国际飞行”是漫长而又令人兴

La torture au cœur de la République

《世界报》1998 年 4 月 26－27 日刊出纪念《问题》出版四十周年专版。

8　参见安娜·西莫南，《被历史控制的文学——午夜出版社里的新小说和阿尔及利亚战争》，陈侗编，吴岳添等译，湖南美术出版社 1999 年版。

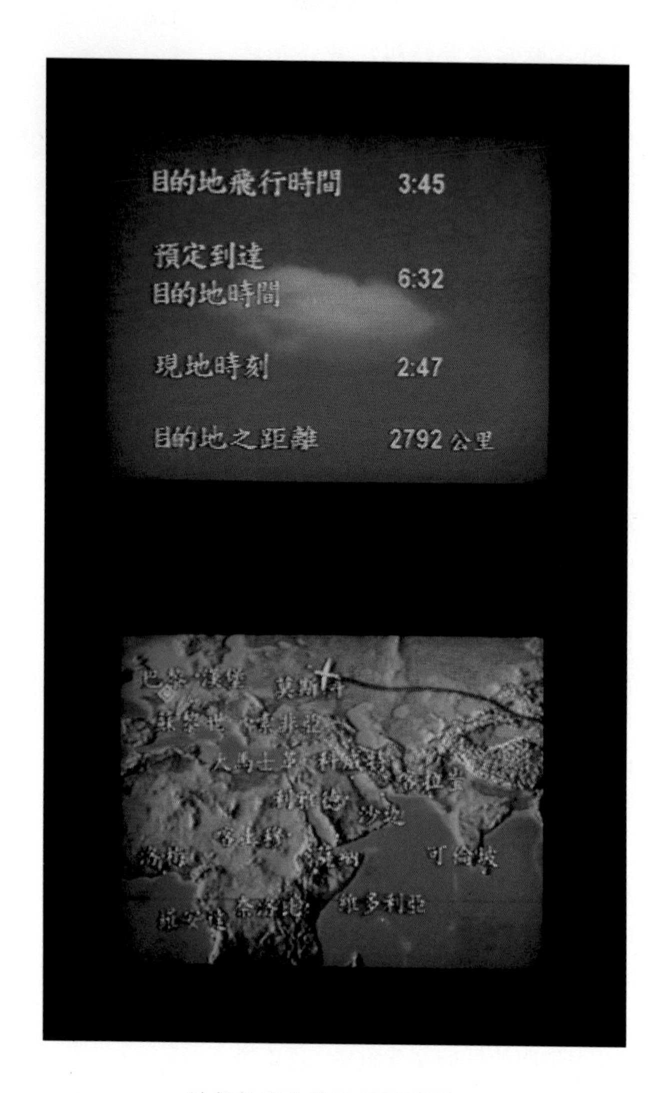

法航航班上的飞行指示图。

奋的。我盯着飞行指示图，像捕捉时针的走动那样作着徒劳无功的努力。由于绿色地形图表面的白色飞机与空间距离不成比例，即使它已点到表示巴黎的菱形方块，可离降落还早得很。窗外一片漆黑，人们稀里糊涂地打发着各自的时间，有的睡觉，有的看电视。我反复地翻阅着一本机上杂志，其中有我熟悉的一位艺术家雷蒙·莫尔第（Raymond Moretti）的作品。这位插图画家兼设计师负责每一期《文学杂志》的封面，他的笔法有着米开朗琪罗的严谨和德加的潇洒，一度影响了我那些小小的速写。

雷蒙·莫尔第为《文学杂志》设计的封面（德里达专号）。

杨诘苍来机场接我，我们拥抱。4月的巴黎相当寒冷，而我还呆在广州的炎热里，身上只穿了一件蓝色衬衫，像是在银行数钱的职员。我很快钻进了杨的汽车，一边享受暖气，一边听他开始描述这个他已经生活了十年的城市。巴黎郊外，天色微明，汽车在高速公路上奔驰，我注视着窗外的一切，开始捉摸异国情调的确切含义。

平静的生活

我试着写下上面几段平铺直叙的句子，并不是因为每个人的旅行都有这么一个开始。通常，当我们想把途中见闻告诉其他人时，一定是因为这些见闻稀奇古怪、毕生难忘，甚至是与某个突发事件相关。在《重现的镜子》中，罗伯-格里耶就写到了一次飞行事故和一次航海事故。我没有他那么好的运气，我的每一次旅行都是平淡无奇

让－菲利普·图森在巴黎街头。

的。作为故事，它们缺少必要的起伏；作为我的内心感受，它们却又并非出现了真空。我想，假如我们的文化也像这旅行一样，从来都不是靠制造惊人的情节来博得人们对它的关注，那它就一定会在一种看似缓慢的节奏中有着如呼吸般正常的自然表现。

让－菲利普·图森在他的《自画像(在国外)》中已经尝试过揭示这种平淡无奇了，我们把它称之为“幽默”。这是一种除了作者以外别人都无法觉察的感受，因此，按照作者的原意，令人发笑的不是素材，而是作者处理素材的态度。例如当图森写他在柏林一个商店购买一片花色肉冻的经过时，那个觉得一切都好笑的首先只能是图森自己，是他看见了一把刀在左右移动，也是他注意到了对方额头上的汗珠。卖肉冻的女人快速挥刀的动作一生中肯定不止出现过一次，所以她不可能感觉到自己对待一个外国人的合理要求时显得狼狈不堪[9]。在这里，发现，或者说与别人共同分享日常生活中的滑稽，早已经成为旅行者的特殊责任。可是，当你得知人们更关心探险故事时，你还有勇气通过一种语言上的磨练而使平凡的事物发出光泽吗？

法国，当我面对她的时候，我努力寻找她的活力，而当我离开她之后，我

9 参见《自画像(在国外)》“柏林”一章(曾晓阳译)，收入让－菲利普·图森《犹豫·电视·自画像》，湖南美术出版社即将出版。

从杨诘苍家的厨房往外眺望。

更愿意说她就像一幅印象派的风景画，表面上充满迷人的色彩，内在的结构却平淡无奇。别人怎样看她或她怎样看自己，对我来说并不比抓住零星半点的感受重要。这些感受反复地出现在我的记忆中，并且常常戏剧般地发生重叠、错位，以致于我不得不怀疑自己是否真的对它们进行了主观的处理。

运河上的桥。

汽车离开高速公路，在晨曦中拐过这座城市的一个又一个角落，就像银幕上快速地闪过一卷曝光不足的幻灯片。为了不惊醒还在睡觉的孩子，杨诘苍让车子在巴黎市区绕了小半个圈，带着我经过了水面高于地面的运河和一座真正的城墙。第一个白天的大部分时光就像一本书卷首的白页，延长了我对巴黎的想像，我不急于出门，在宁静中适应空气、声音和光线的特殊味道。在杨诘苍家中的厨房里，我一边吃着他用闪电般的动作搭配而成的营养早餐，一边听他讲述他母亲在巴黎的故事[10]。透过厨房的玻璃窗，我看到对面排列着一座座木板房子，房顶用铁皮盖成，在灰暗的天空下发出一道道银白色的闪光，和墙身的深褐色形成了强烈对比。我相信，如果我要说巴黎这座城市极少发生令人诧异的改变，这些带铁皮屋顶的房子就是最好的证明。在最近三年里，无论春天还是冬天，每一次站在玻璃窗前，就像翻动一本过时的月历画，它们看上去总是装扮成被

10　当杨诘苍提出让母亲参观艾菲尔铁塔时，这位长期生活在中国佛山的老人连声说“不啦不啦”，因为她已经参观过深圳的“世界之窗”，她来巴黎的目的主要是看儿子、儿媳和孙子。不光如此，她也对巴黎的市政建设提出了意见，例如“为什么路牌没有中文”。

如果有人问我最喜欢巴黎哪一处的风景，我将回答说：运河。我喜欢它那水面高于地面的感觉，也喜欢那种其高度类似中国水乡石拱桥的铁桥。然而，我还应当说，我从未在运河边散步，每一次都只是坐车经过。

大雪覆盖的样子，厨房的窗框将这个画面裁切成永远不变的格式，使一幅风景画向静物画过渡。我似乎在哪里见过同样的场景，不敢肯定它是否和我童年的某些记忆有关，或者是因为在南方生活太久对雪景已感到陌生。我记得，玛格丽特·杜拉斯（Marguerite Duras）也曾设计过一个用于观察外部世界的景框。在《如歌的中板》开头的部分，弹琴的小男孩不时地将目光转向窗外，一艘快艇正横穿而过……然而，眼前这幅“死的自然”[11]，除了缓缓移动的云，没有更多的迹象表明变化的存在。于是，在这里，我再一次想起了图森的小说，在《浴室》的第64小节[12]，关于“静止”有如下精彩的解释：

……静止的含义并非指没有运动，而是指没有运动的预感，它是死的。从总体上来看，绘画本身从来不是静止的。好比象棋，它的静止是充满活力的，每一个棋子是静止的一种能量，它包含着能量的运动。……[13]

啊，让我好好想一想，在我的不着边际的絮絮叨叨中，是否暗含着一种捕捉法国生活性格的企图呢？我是否想给传闻中的浪漫敷上另外一层色彩，是否想让人们认同一种局部的观察，是否想得出“发生在这里的事情将不会发生在其他地

11 “静物”一词的法文是nature morte，直译则为“死的自然”，这和英文的still life(“静止的生命”)完全不同。

12 只需将《浴室》与帕斯卡尔（Pascal）的《思想录》加以对照，就能发现两本书在结构和形式上的相似。

13 让－菲利普·图森，《浴室·先生·照相机》，孙良方、夏家珍译，湖南美术出版社1996年版，第65—66页。

关于巴黎，杨诘苍说过：巴黎不是法国的。我愿意把这句话理解为：文化总是在差异和移动中才显示出意义。

上左：由玛格丽特·杜拉斯编剧、阿兰·雷乃导演的影片《广岛之恋》（录像带封面）。

上右：由阿兰·罗伯－格里耶编导的影片《不朽的女人》以土耳其为背景（电影剧照）。

下图：巴黎，Les Halles 地下商场建筑顶部。广告画上的文字为：越南，春天，巴黎，河内，西贡。

方”的武断的结论呢？

书写者必须摆脱混乱。一种方法是将素材快速地拼成一幅画，另一种方法是慢悠悠地以单调重复的动作编织一张网。我感兴趣的是后一种，因为在经线和纬线之间，除了空白、空洞，什么都没有留下，而这张网却越织越大、越织越密，它同样可以形成一种能量……我这样想着，脑子里就突然蹦出了一个画面：在Les Halles（旧时巴黎菜市场）的广场上，一个玩杂耍的家伙摆开了架式，做着无止境的热身运动，围观的人群自动形成了一个包围圈，等待着他献出绝技，可是……任何人只要不傻都可以猜到，这个吊胃口的家伙除了用热身动作拖住看客的注意力，差不多什么也不会。也许他还真有些绝技，但是他不想过早地让别人看穿自己，不想结束表演……

巴黎，Les Halles广场上的杂耍。类似的情景也储存在我小时候的记忆中，只要你愿意，县城里每天都有这样的表演。

从某种意义上来说，我码砌字句的方式有点像那个玩杂耍的家伙。我也没有带给人们真正的东西，而是东敲敲、西打打，似乎是为了等候某种感觉的到来故意拖延时间。是什么感觉呢？我问自己。

底层与真实

菲利普·拉勒（Philippe Laleu）是一位年轻的法国艺术家，他生在巴黎郊区，在那里读中学，1989年到日本，后来转到了泰国，一直呆到现在。他离开法国的理由也许就像他对我说的，是为了摆脱一个

巴黎，被人涂抹的选举招贴画。上面的文字为：2001 年 3 月 11 日至 18 日市政选举；让我们改变时代；塞尔日·贝利斯科，13 区；贝特朗·德兰诺，巴黎。贝特朗·德兰诺在这次竞选中胜出，作为左派党成员和公开的同性恋者当选为巴黎市市长。

博物馆化的问题。他说，巴黎就像一座博物馆，你可以看，但是不能在里面生活。和欧洲的其他城市——例如柏林、伦敦、马德里——相比，巴黎在文化和艺术上的创造性要差一些，政府控制了艺术界，各种奖项，例如龚古尔文学奖，评委都是官方人士，而在加拿大就不一样，每次参加提名的人都不同……

让·艾什诺兹(Jean Echenoz)以《我走了》获得1999年度龚古尔文学奖。皮埃尔·勒巴帕认为这部小说是“一面在我们的地球上闲逛的镜子”。

我有什么理由反对拉勒的观点吗？如果拉勒问我广州是一座什么样的城市，我也许会回答他，和巴黎恰恰相反，完全不具有可看性，但是说到生活，那就不同了，它充满着变动中的无穷可能性，它以损失可见的文化而给文化的创造提供了素材。当你想表现混乱、不安以及种种离奇的状态时，也许除了广州再也找不到更合适的对象了，它对于西方人是异国情调，对于我们自己则是一片永远不会完工的工地。

显而易见的差别——每一个到过巴黎的中国人都会这样说，这句话使一次普通的观光变成了文化之旅。人们只用了一点点时间去采购香水，大部分的时间都在导游的带领下由一座建筑赶往另一座建筑，卢浮宫、圣母院、凡尔赛宫……人们除了频繁地照相、收集明信片，并不清楚这些欧洲文明的象征物对自己究竟能产生什么作用，当然就更不知道它们在今天的法国人的心目中是否还具有重要性。换句话说，

经过卢浮宫前的城市旅游车。即便再过一百年，旅游观光的伟大成绩也应当归功于卡尔·贝德克尔。

让·艾什诺兹在巴黎（2000年9月）。

自从十九世纪德国出版商卡尔·贝德克尔（Karl Baedeker）提出了以观光为主的旅游模式后，文化遗产就变得彻底符号化了。

艾什诺兹的小说《我走了》中文版在法文版问世六个月以后出版。

让·艾什诺兹大概是为数不多的以巴黎生活为题材的新小说作家。在他那部获得了龚古尔奖的《我走了》中，充满了对于地点和线路的确凿的描述。然而，除了玛德莱娜教堂，巴黎的名胜古迹似乎都不在他的视线之内，他是真的没看见还是有意忽略？事实上，当本加特内尔驾着他的车从十六区的凡尔赛大道沿塞纳河驶向东部的夏朗通镇时，途中必定能看到夏佑宫、艾菲尔铁塔、奥塞博物馆、卢浮宫以及圣母院。但是，艾什诺兹让他的人物从这些沉重的背景旁边滑过去了，他只提到了絮利桥和巴士底广场：

“他就这样沿着十二区的脊椎骨，在它的轴线上穿越了整个街区，在这个时期里，十二区比起十六区来，稍稍更有一些人气，这个区的人不如十六区的人那样经常休假。在人行道上，我们尤其可以发现一些出生于第三世界国家的移民和一些处于第三年龄阶段的侨民，慢悠悠，孤零零，茫然失措。”[14]

14　让·艾什诺兹，《我走了》，余中先译，湖南文艺出版社2000年版，第96页。

每一个在巴黎逗留超过七十二小时的

巴黎，圣日耳曼德普雷林阴大道上的流浪汉。

巴黎，卢森堡公园附近的流浪汉。

人都会知道，艾什诺兹在这里描绘的并不是某个中国城的局部景观，而是巴黎当代生活的整体状态。也就是说，如果你认为巴黎是一座文化古城，那么你将只会着意去看那些名胜古迹；如果你认为巴黎还有作为生活的一面，那么你就会感到它也像纽约一样，交织着各色人、各种语言、各种生活习性。作为一个作家或一个现实的观察者，要想使自己的作品具有力度，大概就只有置游客们所关心的文化于不顾，而直奔那些活生生的生活现场了 。

巴黎，新桥地铁站出口，旁边是圣马利汀百货商店。这座建筑的内部和地铁出口的门饰一样，都属于“青年派”风格。

当我在巴黎生活了一个月之后，我已经感到了一些倦意，同时又产生了留恋。我每天走过同样的街道，从相同的地铁口进进出出，在同样的超市购买同样的物品并且把它们交给同一个收款员。所有的重复性动作在我看来都使这种倦意升级，然而我却不肯改变。如果不是在平静的日常生活中发生了一些令人估计不到的事情，我想，关于巴黎，我的认识将不会超出对一些书、一些作者的了解；反之，正是这些书和作者使一些本来不重要的事情变得重要了。

第一件事发生在2000年9月的一天下午。我从语言学家弗朗索瓦兹·波特罗(Françoise Bottero)的家中出来，准备按照她的提议从戈伯兰走回艺术城，这样我可

巴黎，地铁公司的招贴画，右边是“让您的退休生活过得更好”，左边是歌手夏尔·特雷内（Charles Trenet）的《重返巴黎》：

重见巴黎
一个月短暂的居住
重见巴黎
我重返家中
独自在雨下
在条条大道的人群中
多么巨大的全新的快乐
就这样信步前行
搭乘出租
行驶在塞纳河畔
而我又重新在此
在樊尚树林的深处
快乐地奔驰
驶向我郊外的房子

（曾晓阳译）

以在沿途经过更多不出名的街道，了解这个城市更隐蔽的方方面面。随着往来次数的增多，巴黎在我的印象中由大变小，证实了它作为一座步行的城市的优越性。那些地图上相隔甚远的著名建筑，只需用两条腿来度量就知道距离感的减弱仅仅是因为它们太多了，多到在目不暇接当中让人忘记了步行的疲惫。以戈伯兰为起点，由南向北行走，途中可经过先贤祠、索邦教堂、圣母院，如果不作逗留，实际所花时间不足一小时，而这差不多已走完巴黎市区南北直径三分之一的路程，更不必说在这个过程当中我们的思绪又经历了好几个世纪[15]……这是何等惬意的一次散步啊！

我在戈伯兰地铁站出口的街面上打开了地图，想再一次确认方向，以免陷入扇形街道的迷宫。就在我将要折起地图的那一刻，一只手重重地搭到了我肩上。我回头一看，一高一矮两个酒鬼紧挨着我，矮个子向我抛出了一串法语，而高个子则把两个手指放到嘴边，做出了吸烟的动作。我无须搜索那些存于我可怜记忆中的单词，已经明白对方在向我讨烟。我迅速地从口袋里掏出一包从中国带来的VICEROY，给他们俩各递了一支。当我掏出打火机想给他们点上时，高个子用手势制止了我。矮个子继续在说话，而高个子则用整只手指了指我的烟盒。我知道这下完了，我碰

15 先贤祠建于十八世纪，圣母院从十二世纪开始兴建，索邦教堂建于十七世纪。

让·艾什诺兹的小说《出征马来亚》袖珍版封面。在《在巴黎想书法》一文中我写道："我想起在巴黎的大街小巷散布着各式各样的涂鸦的字符，而让·艾什诺兹就站在一旁冲这些字符微笑。"（参见《艺术世界》2001年9月号，第50－51页，上海文艺出版社）

到了只有外国人才能碰到的麻烦，必须作出彻底的奉献才能脱身。我毫不迟疑地把我计划维持两天的粮食捐了出去，一转身下到了地铁了，再也不考虑以戈伯兰为起点的午后街头漫步。

一年后，每当我想起在巴黎度过的那些日子时，这两个酒鬼的形象又重现在我眼前。其实，当时我是第二次碰到他们。我记得我从戈伯兰的地铁站上到地面不久，在一座几乎遭到废弃的建筑物的墙根下，五六个酒鬼（包括一个女人）已经均匀地坐在那里，大声地说着话，其中就有向我讨烟的那两位。至于我为什么会注意到他们，这大概仍然是受了我所编辑的那些小说的影响吧。在艾什诺兹的小说《出征马来亚》中，不正是也有爱着同一个女人的夏尔和蓬斯吗？蓬斯有着他特殊的才干和抱负，他被他所爱的女人遗弃，跑到了东南亚，在一个种植园里谋到了职位；而夏尔，这个被同一个女人遗弃的男人，生活从此没有了着落，在巴黎的桥下和地铁里流浪，他似乎也出现在卡拉克斯（Leos Carax）的影片《新桥恋人》当中……

卡拉克斯的影片《新桥恋人》剧照（选自《电影编年史》，编年史出版社，1992 年版）。

我应当说，第一次到法国尽管目的不很明确，但愿望是纯洁的，不必把邮寄明信片的行为看成是媚俗。至于第二次、第三次、第四次，对一个国家的兴趣如果不和那里的生活发生联系，那么这样的旧地重游只会逐渐减弱它的魅力。1998

1998年4月，巴黎纪念1968年“五月风暴”三十周年。“五月风暴”并不是我们的“文化大革命”，但是，它的确在某种程度上受到了“文化大革命”的影响，例如戈达尔在1967年拍摄的影片《中国姑娘》先一年预示了一场激进运动的发生。

巴黎，圣日耳曼德普雷林阴大道纪念1968年“五月风暴”的雕塑作品。

年，艾什诺兹的小说还没有翻译出来，巴黎对我来说，更像是戈达尔（Jean-Luc Godard）影片的拍摄现场，是浪漫主义和左派意识形态的混合体。但是，正如书评家皮埃尔·勒巴帕(Pierre Lepape)所指出的："人们可以在德瓦诺（Robert Doisneau)的照片中捕捉住50年代，在戈达尔的影片中捕捉住60年代，在沃霍尔(Andy Warhol)的画作中捕捉住70年代。对于80年代而言，则是艾什诺兹和他的四本书……在这几年当中，男人和女人，风景、物品甚至动物，都曾与让·艾什诺兹的句子相似。"[16] 我不知我是否将艾什诺兹的书与巴黎的生活现实进行了对照，也不知在90年代或新的世纪中是否有一种新的艺术表现可以证明艾什诺兹的时代已经过去。但是，怀着一种有意忘却旅行者身份的企图，我对艺术与生活的关系的解释作了一些改变，由最初的因果关系过渡到今天的交错关系，即从一些并不直接表现为艺术的行为中发现思想的着陆点，并且重新判断出其中的个人价值。

几个月后，我遭遇到了另一件更加可怕的事，但从其结果来说，又似乎更不值一提。同类的事情可能每天都发生在世界的其他地方，因此它不能被视为巴黎的发明。不过，尽管事件的属性已经决定了它毫无艺术性可言，但我还是愿意把它与一种小

16 皮埃尔·勒巴帕，《为了讲述这个时代》，《世界报》，1990年3月24日（曾晓阳译）。

巴黎，里沃利大街附近停放的一辆从水中打捞的汽车，它让我想起艾什诺兹小说中从北极打捞的宝物。《高大的金发女郎》中文版封底介绍似乎也适合于描述这一状况：

几个月后，当你碰到一个人的时候，当你在不寻常的光线下发现一处风景的时候，当你处于一个奇怪的、不适宜的情景的时候，你就会说："瞧，这就是艾什诺兹的！"

让－吕克·戈达尔的影片《断了气》（1959 年）。

说中的现实联系在一起，把它作为对于王尔德（Oscar Wilde）“生活模仿了艺术”的又一次证明。

为了去黄永砯家和朋友们告别，我和鲁毅乘4号线地铁赶往巴贝斯。出站后，我们没有像往常一样朝斜坡状的街道下方走，而是选择了相反的方向，以便寻找一家熟食店。巴贝斯一带相当混乱，各色人游手好闲徘徊于街头，以侧视的方式发出让人胆颤心惊的奇怪的目光，我们越往前走，越感到气氛的紧张。街道两侧尽是出售廉价日用品的商店，根本闻不到熟食的味道，看来我们是选错了方向。就在我打算转身的那一刻，我的小腿被人抱住了，那种突如其来的感觉就像疑犯遭到了猎犬的袭击。这个让我无法回头也不敢回头的家伙紧紧地抓住我的裤脚边，提起我的左脚，大声地喊道：clè-clè-clè。我很快反应过来，他在说“钥匙—钥匙—钥匙”。是我掉了钥匙还是我踩着了他的钥匙？什么都不是，是他把他自己的钥匙放到了我的脚底下，如果我弯下身子搭理他，我的背包就有可能飞走；如果我和他纠缠，最终的结果一定是寡不敌众……对此，久经磨练的黄永砯就作为预言家给予了提醒[17]，因此我第一次表现出了超常的镇定：我什么也不说，只是努力地拔我的脚，那家伙见我不上当，就把手松了。

我已经不记得在艾什诺兹的小说里是

尼斯，一家手工皮具店的老板。法国人的幽默随处可见，这位老板向我展示一件朋友给他的礼物：一份伪造的报纸。上面写着：“终于得到业内人士认可的雅克（鲸鱼皮制避孕套发明者）接受雌兔竞赛的金风筒奖。”

17 黄永砯说，这些使坏的家伙常常以幽默来结束一场恶作剧。当你的地铁票被他从口袋里夹出来时，如果你想抢回，他会将票抛向空中，又接住，说“奇怪，怎么天上掉下一张地铁票”，然后就将它放回你的口袋里。

为了涂鸦时不被抓住，一些年青人穿上工作服，扮成市政工作人员，画下了上面这些画。

巴黎的青年在涂鸦（选自《手都, 巴黎涂鸦一年》, KAPITAL, un an de graffiti à Paris. Alternatives 出版社，2000）。

否有过类似的情景，但是我可以说，如果没有艾什诺兹的小说，对这样一次个人经历的描述将不会出现在一本赞扬法兰西文化的书里。按照我的理解，小说家应该是这样一种人：和一般意义上的文人不同，他从不试图成为一个文化的观察者和一个社会生活及其准则的批判者，他的爱好只在于收集材料，并把它们组织成他所期望的样子。向一个小说家学习，就是学习如何在一张有限的桌面上摊开这些材料，并时刻让自己处于顾忌次序、轻重、交叠、缺失的焦虑和兴奋当中。

现在，我显然是有意地让我的材料远离了本书的主题，这暗示着“生活”及“世界”的无边。我不希望我谈到的事情只发生在艺术界，也不希望它们总是呈现出为了艺术的目的；相反，如果说我不得不将艺术家作为本书的主要角色是因为他们对我非常重要，那么，在一些空隙之处插入一些毫不相干的事情则表明了一种写作态度，一种在艾什诺兹作品启发下的前所未有的冲动：一本让自己感兴趣的书应当是由边角碎料拼凑而成。

艺术在户外

对于一个旅行者来说，进入别国的底层社会是相当困难的事。1993年，法国录像艺术家罗卡恩（Robert Cahen）第一次来到中国，在广州和黄山等地拍摄了大量素材，剪辑成属于他一贯风格的几部短

巴黎，圣米歇尔大街的一个邮筒。

巴黎，第二十区米尼蒙当附近一条街墙上的涂鸦。

自由地喷涂

如果说巴黎是美丽的，很大程度上是因为她有一些保存得很好的古老建筑；如果说巴黎是自由的，那么这种自由将是：狗可以随便在街头拉屎，艺术家可以随便在街头作画。这种在世界各地长盛不衰的“涂鸦艺术”似乎既让巴黎人难堪，也让他们感到自豪。那些缩略了音节的单词的书写，那些粗边框像滚动着的石头一样的巨型字母，不仅涂在铁道两旁，也涂在那些古老的建筑外墙上。当然，警察是严格管制这种乱写乱画的，涂鸦者如被抓到，严重的将被送上法庭，被罚款。但是，无论怎么管制，艺术家总能找到机会，而且在某些方面他们也受到保护，例如最近出版的一本关于涂鸦的画册，里面的艺术家脸上都被处理成马赛克，以防被警察认出。涂鸦艺术家们知道，遭到涂鸦的房子的主人如果觉得无伤大雅，就不会向警察局举报，这样他们的作品就会保存下来，因为政府要清洗墙上的涂鸦也要花去不少人力和物力。

已经从事涂鸦艺术多年的伊天和那些十五六岁的课余爱好者不同，他毕业于迪戎美术学院，原来学的是雕塑，后来发现了喷罐油漆，便尝试作街头壁画。他的绘画手法比较特别，先是用纸板刻出形状和线条，然后用各种颜色的喷罐透过纸板加以喷涂，因此看起来时常有一种雾状或烟熏的效果。伊天的绘画题材涉及法国社会生活的方方面面，包括爵士乐、政治和色情，80年代末他来中国时，还迷上了中国功夫，在香港画过一些挥拳踢腿的画。伊天的涂鸦不光画在墙壁上，也画在汽车车身和船只上，而现在，为了购买绘画必须用的材料，他也会为餐厅的公共场所画一些小型的纸上作品。作为一名自由艺术家，伊天的生活是贫困的，他原来住在一条船上，后来卖掉船只搬到了农村。他驾着一辆破旧的雷诺汽车，车上装满了他的画具和画框。不作画时，他就时常上图书馆，在那里翻阅报纸和连环画，从中获取创作的素材和灵感。

伊天认为能作画是最快乐的事，比女人和美餐一顿快乐一百倍。当他有足够的钱买到十米画布时，他就会把画布各裁成五米，这样就能画上两幅了。他的艺术不属于博物馆和画廊，但他似乎并不想改变他现在的生活，他相信自由对于艺术家来说永远都是最重要的。

和伊天的作品生活在一起的船工。

涂鸦艺术家伊天（Etienne Lelong）。

伊天画在卷帘上的涂鸦作品，其中一面是色情内容。

片。此后，罗卡恩来广州的次数越来越多，除了继续按他的风格拍摄素材，他也和比利时纪录片制片人罗宏卜（Rob Rombaut）合作，拍摄了一部以广州为题的纪录片《广州，中国淑女》。当影片在广州作了小范围的放映后，人们对于影片选取的场景和人物提出了批评：尽管影片涉及了广州的社会生活，但由于主要人物都是艺术家、外交官和翻译，广州的城市生活特色就被一种文化观念取代了，成了拍摄者主观意志的传达。[18] 可是，通过外交途径拍摄的这部影片必然具有先天不足，它没有可能在领事馆提供的名单之外选取普通人作为素材。因此，要质疑的首先不是影片镜头的立场，而是拍摄者为了拍摄所做的准备工作。换句话说，如果他们不光认识能和他们展开交流的艺术家，而且也真正认识一些不明白他们工作意义的普通人，那么，拍摄一部真正能体现这个城市的特色的影片也许是可能的。

由于处境的相似，我对法国生活的考察也被限定在一个已知的范围内。我所采访的对象无论知名的还是稍显隐蔽的，都属于一个广大的文化艺术阶层，因此有关他们生活的报道，都和文化的现状分不开。我计划对底层文化的两个部落——地铁音乐演奏和街头涂鸦——进行深入调查，却因为准备不足而只是停留在表面的观察。尤其是街头涂鸦，我无意中获得的一条线

18　我本人也有幸成为了角色之一，并且按照拍摄者的要求用粤语朗诵了贝克特的一些句子，这个主观性的片断使我迅速地站到了南方现代化城市的对立面。

巴黎，夏特莱地铁站的乐队演奏。无论是乐队演奏还是单人演奏，都必须持有政府发给的许可证，但这并没有改变地铁音乐的民间性质。

艺术家王度在地铁车厢里拉二胡。
（照片由王度提供）

索由于触及到被访者的处境而不得不中断：一个十五岁的小男孩，酷爱涂鸦，半夜三更给人抓住，要罚他的款，数额上万，他当律师的妈妈也帮不了他。我想见他的要求被礼貌地拒绝了，他的父母不希望儿子再有什么麻烦。至于地铁音乐演奏，我对它的了解最初是通过吕克·贝松（Luc Besson）的影片《地铁》（1985年），中间经历了给予地铁车厢内手风琴演奏的一次小小的报答（五法郎，不多也不少），最后是一次全情的投入：在夏特莱这个最大的交换站，我第一次获得了音乐的现场感受，第一次正视了艺术的民众性。当时我想，也许经过夏特勒的次数多了，这样的感受会日趋平淡，甚至产生厌倦；也许文化上的尖子主义观念会自动压抑这种只有旅行者才有的好奇。但是，我内心分明有那么点感动，硬要说这是因为孤陋寡闻导致的游客心态难道不是自我欺骗吗？从那一刻开始，我进入了一生中最重要的一次文化检讨，我说服自己不要害羞，不要见人眼色行事，不要以为少见多怪有什么不好，不要强迫自己和他人保持一致，不要害怕被人归类，不要……

然而，糟糕的是，关于底层社会及其文化权力的观察和思考似乎只是陪伴着我在巴黎度过那些悠闲的日子，它们没有起到启发我进入中国生活的作用。对于出现在我生活周围的几乎失去了文化权力的劳

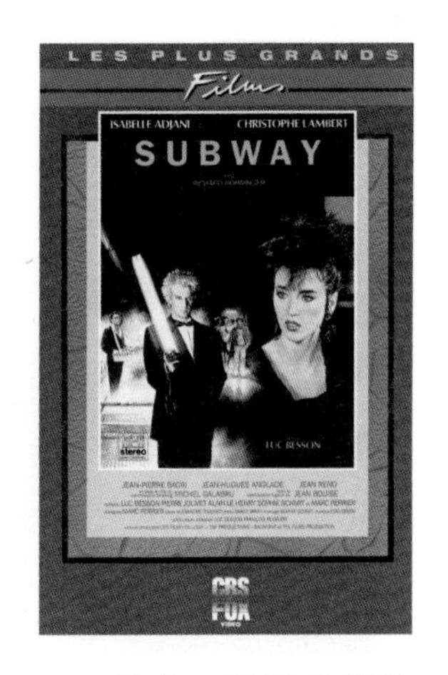

吕克·贝松的影片《地铁》（录像带封面）。

故事梗概：埃莱娜是一位年轻美貌的中产者，她邀请费雷参加她的生日晚会，但又很怀疑费雷是否将在晚会上制造些气氛。费雷是一个疯子，他生活在地铁里。为了感谢埃莱娜的邀请，他派人炸开了她的保险箱，并携赃物逃之夭夭。

经常出现在铁路两侧的涂鸦作品（选自《手都, 巴黎涂鸦一年》， Alternatives 出版社，2000 年）。

反映法国底层现实的几位作家。左起：让－玛丽·拉克拉韦迪内(Jean-Marie Laclavetine)、弗朗索瓦·邦(François Bon)、让·艾什诺兹(Jean Echenoz)、贝特朗·维沙热(Bertrand Visage)。（图片选自《观点》周刊 1989 年 1 月 6 日）

动阶层，尽管我有着道义上的尊重，但是缺少必要的了解。因此，当弗朗索瓦·邦（François Bon）将他的写作工作室展现在一本书里的时候，我可以说，这种将文学社会化的工作既需要勇气，也需要一定的社会基础。这件事情本来也应该出现在中国，但是没有，因为和另一个世界相比，我们的文化普及在今天反而缺少了最起码的自觉性。

弗朗索瓦·邦的小说专门描写底层人的生活，最著名的有《工厂出口》、《布松之罪》，均由午夜出版社出版（中文版由湖南文艺出版社出版）。

十年来，邦热衷于开办他的写作工作室，给那些最没有机会的听众——罪犯、边缘人、郊区人——展示文学技巧。在这件事情中，他找到了很多幸福，也给出了很多幸福。2000年10月，邦的写作教程《所有的词都是成人的》由法亚尔出版社出版。

（摄影:©John Foley/Opale）

不。不是缺少，而是被掩盖。当文化的体制没有得到完善的时候，知识分子即便拥有文化权力，也不可能找到实施权力的途径，更遑论与底层社会分享权力。法国的文化体制也许正如菲利普·拉勒所说，有着一种过度的健全，因而损失掉了自由的空间，削弱了创造的冲动。但是，不管怎样，弗朗索瓦·邦具有合法性的写作工作室并不比我们的地下出版物更少创造性；至于街头的涂鸦，尽管让一个爱清洁的政府感到头痛，但它们还是有数以万计被保留下来，甚至也为像艾什诺兹这样的成功作家所钟爱。“中心不再存在，我们生活在精神的郊区内。”[18]——皮埃尔·勒巴帕如是说。这个发现并非今天才有的，它至少可以上溯到德瓦诺的50年代。从那以后，这条个人风格的线索渐渐地扩展成了整个国家的现实，浪漫主义从此背负起了新的责任 。

18　皮埃尔·勒巴帕，《为了讲述这个时代》，《世界报》，1990年3月24日，（曾晓阳译）。

根据一幅文革时期的图片改装的“全家福”现在陈列在杨诘苍家的卫生间，杨诘苍为它取的名字是“一涌而上”。画面上有下列人物：雅斯伯（像框内）、侯瀚如、杨天娜、费大为、栗宪庭、严培明、陈箴、王鲁炎、顾德鑫、杨诘苍、谷文达、蔡国强、陈博等。

（图片由杨天娜提供）

在法国的中国艺术家

在这本名为“法国的生活与艺术”的小书中，我是否太注重生活而忽略了艺术呢？又或者，我是否太多地让文学占据了艺术的地盘呢？我应当承认，像我一开始就承认的那样，书中的法国只是我的拼贴画，而不是她的地图。这种观念其实也接近在法国的中国艺术家的态度，他们自踏入法国或成为法国公民的那天起，就不再关心什么是法国的什么不是法国的这一类问题；与此同时，他们又不得不在语言、法律、住房、税收、保险、文化政策等社会事务之间与法国特色周旋。他们当然能够指出什么是法国的，但他们似乎不太愿意说什么不是法国的。就他们作为艺术家这一点来说，拥有更多的可能性和享受更大的（而不是绝对的）自由将比深入某个国家本质重要得多。

从一开始我就打算让从中国去的艺术家成为“艺术”中的描述对象，这不仅仅是因为我和他们相处在一起时感到快乐和充实，更是因为他们的确已成为法国最重要的艺术家而不是“生活在法国的中国艺术家”（我不使用“法籍华人艺术家”这个概念，因为它既不明确，也不“当代”），尽管后一种提法可能更适合我们在法国之外去看待他们。黄永砯、杨诘苍、陈箴、王度、严培明、沈远，再加上批评家和策划人侯瀚如、费大为，他们是法国的“中国兵团”，他们已经产生了世界范围的影响，这

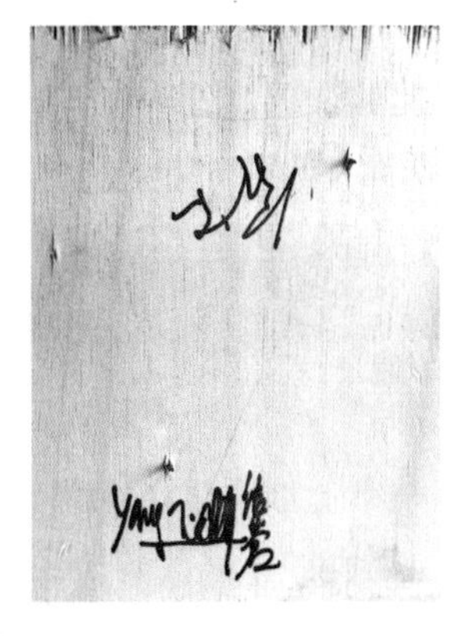

杨诘苍作品：《再拧一圈螺丝钉》，入门板，24cm × 18cm，1999 年，北京，中央美术学院画廊。

这是一块普通的三夹板，上面钉有钉子，每一个参观者在进入展厅前都必须领到这样一块三夹板。然而，人们很快感到不知如何处置它，既不能把它扔了，又不能总是拿在手上，把它放进包里更危险。在我看来，这就是杨诘苍一贯的戏法。

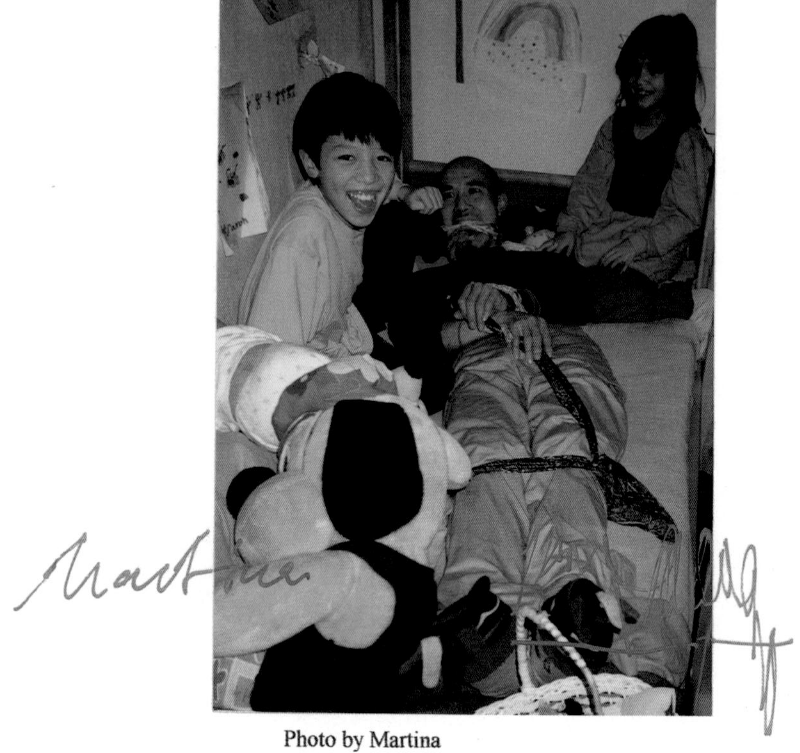

Photo by Martina

杨诘苍和他的孩子们在家里玩捉坏人游戏。

些影响在一定程度上改变了他们的生活，但绝没有使他们变得狂妄自大。如果说到中国的传统美德和人文精神，我倒是觉得，恰恰是在旅居法国的这几位中国艺术家那里得到了很好的体现。除了严培明生活在迪戎，其他艺术家均散布在巴黎的各个地方，经常性的见面使他们自动地组成了一个艺术大家庭，互相帮助、互相关注，从未发生过内讧和猜疑。然而，陈箴的去世打破了平静，家庭中的每一个成员第一次面对生命的极限问题……

在最近发表的一篇纪念陈箴的文章中，黄永砯回忆道："他给我第一个印象是个非常努力的人，那时在巴黎从事当代艺术的中国艺术家还很少，我们很快成为朋友，我走访了他家，他帮我理了在巴黎的第一次头发……"

作为一个很少谈及个人生活的艺术家，黄永砯的纪念文章第一次没有提到观念和艺术，而是充满了日常的动作和画面的细节。的确，当一个人死去之后，谈论他生前的成就更属于一种责任，可是每一个艺术家难道不是在用作品来实践一种生活吗？没有什么比艺术更能触及生活本身了，因此艺术家将是更懂得生活的人，或懂得生活的人都是某种意义上的艺术家。

杨诘苍启动他的车子的同时也启动了一台信息储存器或一台复读机，他能从一座不起眼的建筑一直谈到上个世纪最后一

黄永砯在巴黎与朋友的一次聚会上。

黄永砯在前往工作室的地铁中。

天的一次集体车祸（于是，幸免于难的艺术家们又多了一次共同的记忆），中间部分则是那些尚未广为流传的传奇故事。由于反复的次数太多，画面的清晰度减弱了，至少是对于没有掌握记忆技巧的我，这些故事很快地已经混合成了一堆如同在咖啡馆里听到的杂音，无法分清楚谁是谁的，只剩下一幅合影照片需要标注时间、地点、从左到右……

黄永砯自制的午餐。

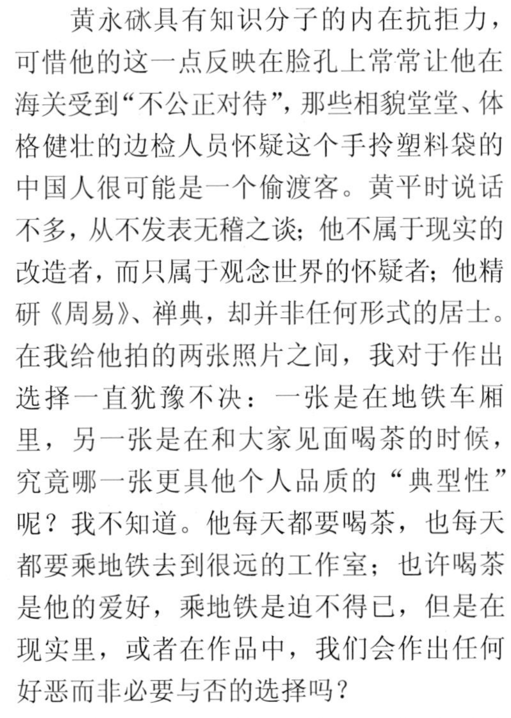

黄永砯具有知识分子的内在抗拒力，可惜他的这一点反映在脸孔上常常让他在海关受到“不公正对待”，那些相貌堂堂、体格健壮的边检人员怀疑这个手拎塑料袋的中国人很可能是一个偷渡客。黄平时说话不多，从不发表无稽之谈；他不属于现实的改造者，而只属于观念世界的怀疑者；他精研《周易》、禅典，却并非任何形式的居士。在我给他拍的两张照片之间，我对于作出选择一直犹豫不决：一张是在地铁车厢里，另一张是在和大家见面喝茶的时候，究竟哪一张更具他个人品质的“典型性”呢？我不知道。他每天都要喝茶，也每天都要乘地铁去到很远的工作室；也许喝茶是他的爱好，乘地铁是迫不得已，但是在现实里，或者在作品中，我们会作出任何好恶而非必要与否的选择吗？

黄永砯的作品方案。

用诘苍的妻子、艺术批评家杨天娜（Martine Koppel-Yang）的话来说，黄永

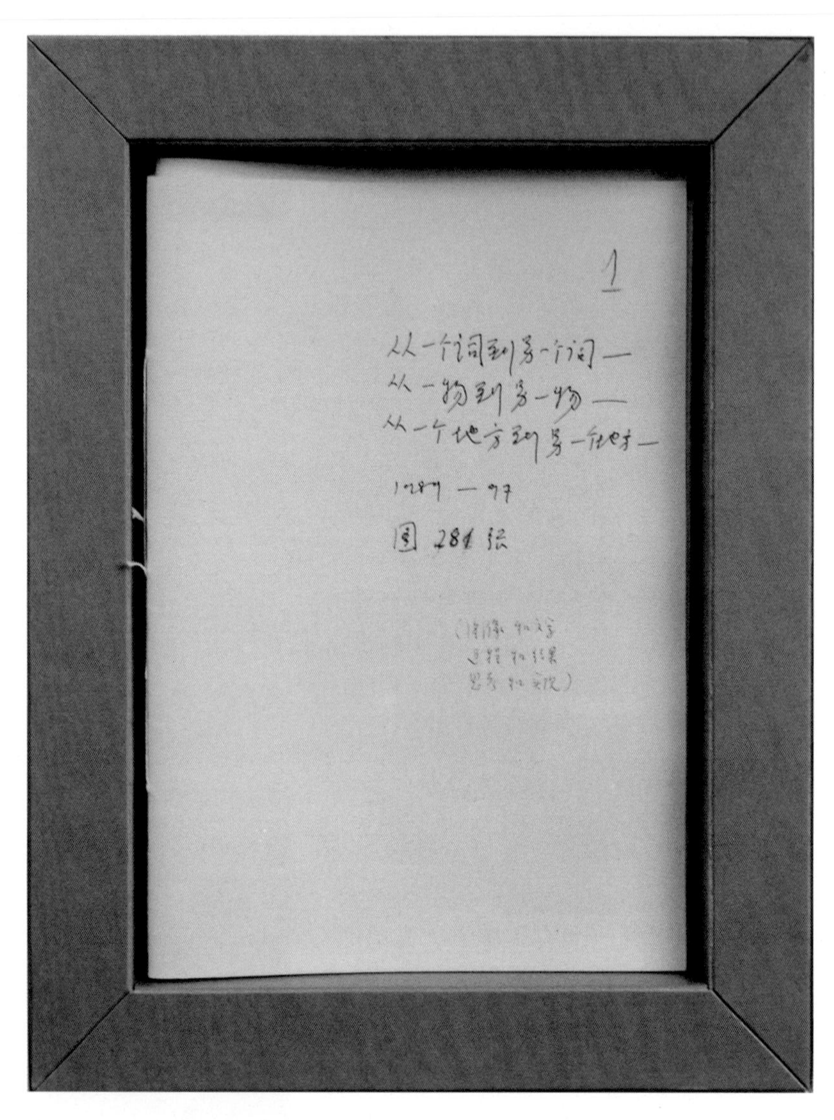

黄永砯的方案手稿（已出版）。

砯是一位“多文化之间的赌博者”，一位中心主义论说的破坏者。让我感兴趣的是，黄永砯在文化上的超越态度不光表现在他的作品中，也表现在他的某些怪异的行为中，例如他并非一个文化和历史的虚无主义者，但是在巴黎生活了十多年，竟然没有参观过卢浮宫！（他说，要等到有一天在卢浮宫做作品才去看场地，可是这一天会到来吗？卢浮宫，我们知道，那是古典艺术的殿堂）我不知道本书没有给博物馆留下必要的篇幅是不是受了黄永砯的感染，总之，除了分析博物馆的机构管理和运作还比较切合本书的主题，没有什么必要用那些租借来的眼睛去替达·芬奇 或达维特说话（没有说出来的真正原因是“我不是一个艺术史家”，而一个艺术史家也不应该用我这样的方式谈论艺术）。套用勒巴帕的说法，我们不是“被迫生活在精神的郊区外”，而是“宁愿生活在精神的郊区中”；我们所知道的一切并非我们想知道的，而我们想知道的又并非我们能知道的。在这样一种两难境地中，是否碰巧也激发出我们的创造力呢？

带着种种已经明朗的或根本还混作一团的疑问，我特意拜访了两个不太容易偶遇到的艺术家：严培明和王度。由于他们一个住在迪戎，一个住在巴黎南郊，我不得不分别给出完整的时间。我和鲁毅乘火车去迪戎见严培明，从一般的意义上来

严培明在迪戎的家中。

说，这也将是一次愉快的旅行，比我1998年那次充满乐观想象的尼斯—戛纳之行更具有可见的目的性和未知的快感。因为不管怎样，为了印证某些想法而去一个几百公里以远的地方，这在我的“国际旅行”中已经不是第一次。如果说在布鲁塞尔与图森会面让我找到了一些能够解释“极少主义小说”的物证，在戛纳寻找电影的灵光和圣迹让我彻底失望并且显得天真可笑，那么，这一次我将要找的东西显然是与某些传说有关：一个中国人在外国实现了在中国生活的理想。

严培明作品：《卑贱者》，180cm × 150cm，1995年。

这幅作品画的是画家的父亲，展出时，这个系列经常是和作者画的毛泽东像挂在一起。

在去见严培明之前，已经听诘苍说了很多关于他的事，其中最让我佩服的是他的成长历史。1980年，当我们还在为报考美术学院拼命画头像的时候，严培明已经来到法国，孤零零地一边打工一边学习艺术。在迪戎，他给一家台湾餐馆当洗碗工，每月工资八百法郎，一干就是七八年。后来他出名了，餐馆老板说是他把他养活的，他也都承认。严培明虽然出生在上海，但家境贫寒，和其他艺术家比起来，算是在街边长大的“小混混”，能打架，这决定了他后来也能吃苦。他的那些巨幅头像，除了毛主席这一个贵人，其他都是穷人，从他的穷爸爸一直画到残疾儿童。严培明说，毛出名了，明（他的简称）也跟着出名了，出名以后就要把那些从来不进博物馆的穷人拉进博物

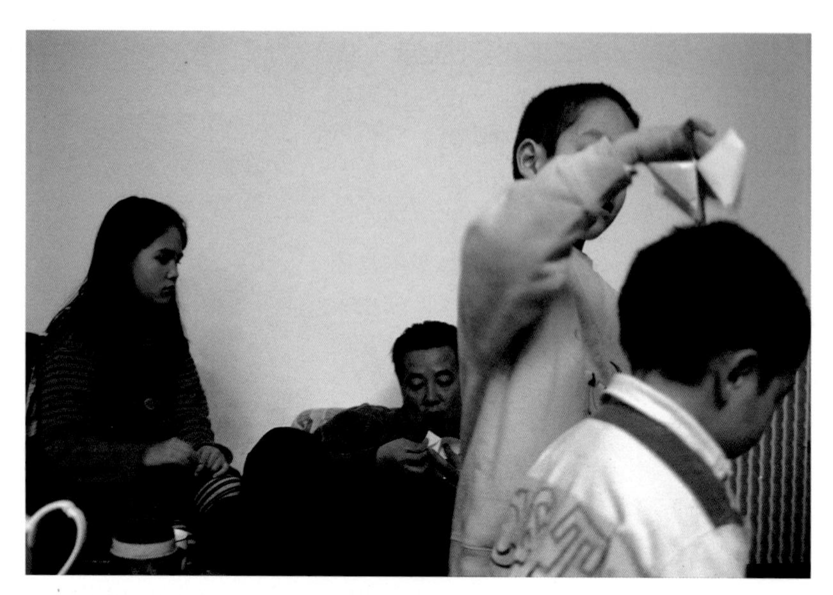

严培明和他的三个孩子。据说，严培明的理想是再生两个孩子，他为此将五座的奔驰换成了七座的雷诺。

严培明设在家中的小工作室，墙上挂的是他早年在中国学画时的油画。

馆。他早期的巨幅头像大都是单色画，开始时人们不大理解，觉得这与当代艺术的方向背道而驰，但是后来全都心悦诚服地接受了。人们从这些画里感受到的力量并不是单纯由画幅的巨大带来的，应该而且肯定是，画家本人在这些作品中灌注了所有的真实情感。

严培明的绘画工具。

严培明今日的生活已发生了翻天覆地的变化，作为迪戎当地或法国艺术界的名人，他拥有宽大的工作室和住宅，拥有最完美的家庭和亲情，拥有朋友们对他的信赖。一个普通中国人追求的东西往他那儿一放，就感觉是一种本质，相形之下，我们身在中国好像反倒异化了。严培明是一个事业的成功者，更是一个好父亲、好丈夫、好儿子、好朋友。在他的家里，我所发现的事物均带有十足的中国色彩（尽管他的妻子是法国人，尽管他有抽雪茄的习惯），同时还像他的绘画一样，以简洁的形式体现为巨大的“盈”，其中找不到任何精雕细琢的痕迹，只留下宽阔的笔触。这些笔触发自内心，秉承了一个人的灵性，因而很难被模仿，它们不属于迪戎，不属于上海，只属于严培明他自己。

第一次见到严培明的同时，我也见到了从来没有见过的陈箴和很久没有见面的王度，地点是在王度刚刚买下的工作室。这是我至今见到的最大的工作室，我琢磨

王度工作室一隅。

着可以驻扎一个连，也可以用来办一所学校（那震耳欲聋的门铃声尤其让人产生这一联想）。当然，在成为王度的工作室之前，这间像工厂一样的房子本来就是工厂。在巴黎，工厂改为工作室已成惯例，但要找到像王度工作室这么大的非常不容易。杨诘苍曾经发现了一处正要出售的旧房，面积也很大，他想联合几个艺术家共同买下，仔细勘察后，发现用于维修的费用比购买整幢房子还高，于是只能放弃。相比之下，王度的运气要好得多，几乎不用怎么修葺，就能既生活又工作，只需在铁门上写上 Wang Du。

王度的作品（进行中）。

在法国住了十年后，王度身上的“匪气”比在中国时消退了许多，取而代之的是对于工作的全力倾注。和在法国的其他中国艺术家一样，王度的作品也追求体积的巨大，这是他不得不买下一间大工作室的主要原因。为了大上加大，王度有意将他的雕塑作品当成一幅照片来做，加强了近大远小的透视效果，此外，它们也有意被他规定为半身不加底座，并且施以近乎滑稽的真实色彩，给人的感觉是既荒诞可笑又隐含着现实批判。

和在中国时一样，现在的王度仍然喜欢过一种集体公社式的生活，他的身边总是有很多人，既有给他帮忙当助手的，也有喜欢与他交往专门蹭饭的（例如我）。英雄不问出处，只要是能接纳的，王度都

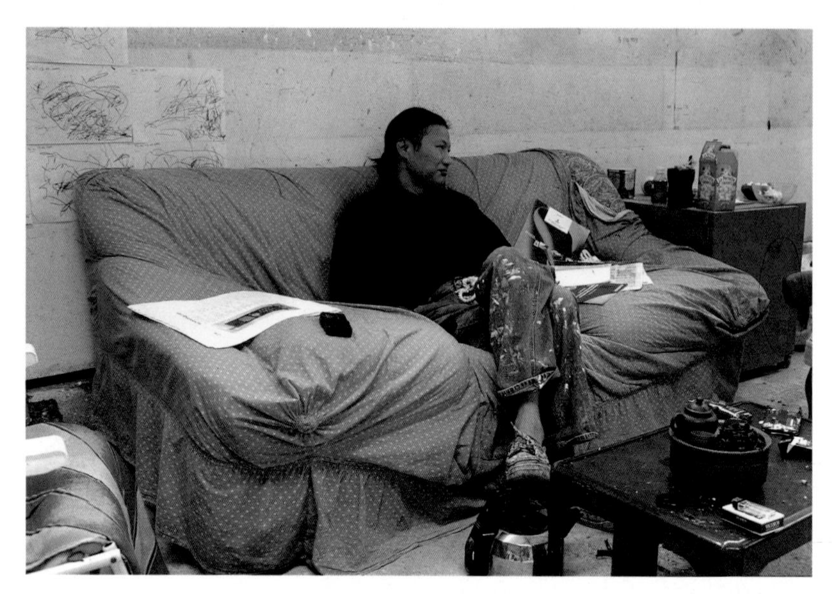

王度在他的工作室中接受我的采访。

就我的作品看，我在现实和媒体之间作一种整合。法国对我而言，媒体就是现实，而现实已经完全被媒体把握，现实本身仅仅只对媒体存在，对我而言是不存在的。媒体是在现实的基础上加工，我的工作是在媒体上进行加工，我是在介绍一个媒体现象，是对现实现象的一种反应、一种思考。

——2001 年 4 月在巴黎对王度的采访（摘要）

一概接纳，于是他的公共食堂每天都座无虚席。这个腰间扎着麻绳，浑身泥浆的艺术家就像一个酋长一样，生活在法国某个城乡结合部的小王国中。

为了让自己的作品不受到传统的侵蚀，王度用“雕塑是形容词”这句话纠正了人们对于雕塑的习惯性看法。这种对“专名”和“通名”的兴趣可以追溯到杜尚时代，看起来只是像一场智力游戏，但事实上艺术史的每一次推进都与这些不起眼的概念修订有关。在这里，让我感兴趣的是王度没有说“雕塑是动词”，也就是说，他没有让他作品的现实性简单地依附于一种外在张力。而这一点，大概也算是一种法国风尚吧。

离开王度的家—工作室，天已经很黑，我和鲁毅动身返回，乘地铁由南向北跨越了大半个巴黎。我想起列车从始发站开出经过了夏朗通，地面上的这条路线大概也就是费雷从北极的冰窟中寻来的宝物失踪的路线。艾什诺兹的表达再一次提醒我，之所以不厌其烦地要在产生作品灵感的那些场所与特点各不相同的人见面，正是因为同一个理由：工作室启动了一切。[20] 在杨诘苍的工作室如同在戏院的后台，在黄永砯的工作室如同在一个粮仓，在严培明的工作室如同在农场的马房，在王度的工作室如同在机修厂，在侯瀚如的工作室

20　让·艾什诺兹，《我走了》，余中先译，湖南文艺出版社 2000 年第 1 版，第 167 — 168 页。

诗人弗兰克 - 安德烈 • 雅姆与杨诘苍在巴黎塞纳河畔。

弗兰克 • 安德烈 • 雅姆（Franck André Jamme）的诗歌很多都是由他自己以限量印刷的方式出版，他很满意这种方式，这正吻合了诗人亨利 • 米肖所说的：卖出 200 册以上的书都是坏书。

弗兰克推崇中国文化，尤其是庄子的作品。他认为庄子是世界上最伟大的十个作家当中的一个，不仅是因为他有丰富的思想，还因为他的语言。

对于今天法国的文化状况，弗兰克表示并不怎么满意，但是他认为这种文化也取得了一个胜利，即重视介绍世界其他地方的思想、文学和艺术，而在另外一些地方——例如印度——情况就不是这样。

弗兰克认为他和杨诘苍一样，都是边缘性的艺术家，很难被分类，他希望通过保留个人特色来建立一个国际性的文化联合体，而不是被美国文化的那种帝国主义方式所控制。当然，他说他并不反对美国文化，他自己也喜欢某些美国诗人，例如阿什伯利，他正在翻译阿什伯利的诗，而阿什伯利也在翻译他的诗。

当我问弗兰克能否概括出法国文化的特色时，他想了想说：以思想家为例，从文学的角度来说，尽管他们的语言很深刻，但他们永远不会忘记语言的美，他们的思想是一种注意语言之美的思想。

如同在地下联络秘密接头点……从这样一些被强化的形象中，我是不是也发现了当代艺术路径盘错的概貌了呢？

两种文化之间

既然“巴黎不是法国的”，那么它也肯定不是中国的，我必须再了解几个来自不同区域的艺术家，以证明多元文化的格局不仅在我们的观念里形成，也在现实中绵延铺展。多亏了诘苍和天娜，他们打消了我找一位黑人艺术家的念头，建议我去见他们的一位朋友，阿尔及利亚裔女艺术家珊塔·本雅希娅（Samta Benyahia）。一个阳光明媚的下午，我在一幢现代化的公寓楼里拜访了这位我从来没有听说过的女艺术家。我想给她拍照，但被她拒绝了，于是我只能透过窗子拍屋外的风景。珊塔·本雅希娅1950年出生于阿尔及利亚的君士坦丁，现在生活并工作于巴黎。从简历来看，1996年以后她的作品开始受到重视，五年当中参加过很多重要的展览，特别引人注目的是那些阿拉伯妇女肖像，因为伊斯兰教不允许女人的肖像出现在艺术作品里，本雅希娅的作品就被视为对这一传统禁忌的挑战。作为身上有着阿拉伯文化和法兰西文化双重影响的阿尔及利亚人，本雅希娅常常选择一种对立性，例如她曾在一个德国的城堡里通过一些瓷片或一些挂毯，重建了阿拉伯城堡，这让在城堡里求学的未来的德国银行家们感到不快，因为他

关于这位不愿意露脸的女艺术家，我还能作出如下描述：

她的屋子里弥漫着阿拉伯家庭特有的花露水的香气，茶几上的托盘和壶都是铜制的，一本杜拉斯的小说躺在一堆书报的上面……

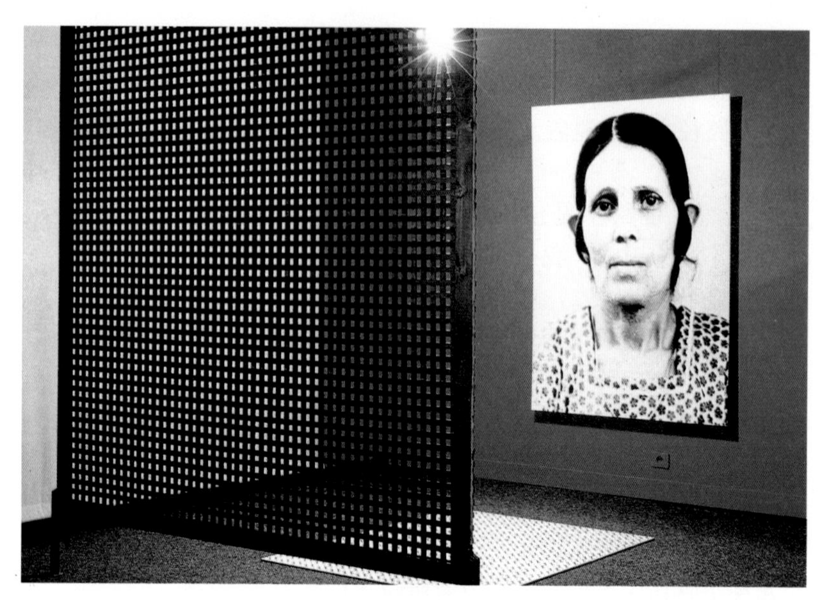

珊塔·本雅希娅作品：《里面的记忆》。

们觉得阿拉伯似乎要侵略德国。可是只要看看本雅希娅挑战阿拉伯禁忌传统的那些作品，人们就应该知道，真正的艺术家是根本不代表某个民族和国家立场的。在作品中利用暴力性是对于暴力性最有效的质疑和破坏。

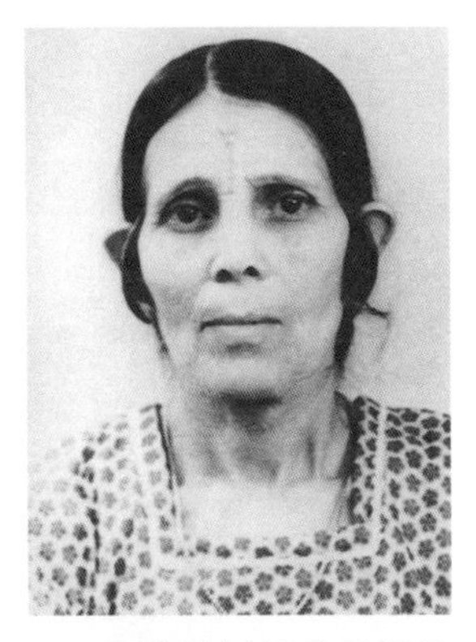

本雅希娅母亲的照片。

本雅希娅的作品手法极其多变，基本上属于一个装置艺术家所为，但比一般的装置艺术家更善于利用材料、空间和光线。后期她越来越倾注于照片的利用，尤其是她母亲的照片，她认为极富有阿尔及利亚妇女的代表性，所以反复地被使用。除了大型的装置作品，本雅希娅也做一些小型的图形和文字作品，例如《我们的梦不能像小孩时那么甜》，就是对70年代阿尔及利亚版画的利用。此外，本雅希娅将具有阿拉伯特征的瓷片和挂毯引入作品中，表明了她始终没有离开她的文化传统，她的基本立场其实也非常接近生活在法国的中国艺术家。

本雅希娅所住公寓的出口。如果将它与上图叠在一起，将会产生什么感觉呢？当然，这种比较是我故意加上去的，与本雅希娅作品产生的条件无关。

坦率地说，由于时间关系，我放弃了更多可利用的素材。而且，对于珊塔·本雅希娅，我也不能说我的认识是准确的（我既受制于令我感到陌生而复杂的阿拉伯文化，又受制于总想让解释明确化的恶习），我有什么理由认为她（或她的作品）出现在这本书里是必要的和恰如其分的呢？

关于阿尔及利亚，我的认识是非形象

珊塔・本雅希娅作品：《安静的台阶》，1996年，装置，法国，Magence学院。

的，零星半点的所知大概仍然要到亨利·阿莱格（Henri Alleg）的那本《问题》中去寻找。可是《问题》还没有被翻译出来，能够提供概况的只有热罗姆·兰东的“不服从”态度。[21] 在这里将不会像在其他段落里，我的随意延伸的表达手法对于主题起不到任何作用。几个月前，我已经收到本雅希娅寄给我的作品照片，直到今天才把它打开。画面上，真正属于作者的部分显得非常微小，不仔细看根本看不出来。我是不是正是为了这一点才想到要让本雅希娅在我的书里占有合理的一章呢？我欣赏这些小小的瓷片，它贴在具有青年派风格的楼梯梯级的一个侧面（我不知道在建筑学上这个面该叫做什么），从正面看它是存在的，而当走下梯级时，它的存在就是不可见的。人们总是在忽略，为了避免忽略而乞求解释，这正是艺术没有衰亡的反证。

考察艺术，这是一个我从未想到要去实现的野心。所以，即使在没有语言障碍的情况下，我也只是将我的注意力投放在艺术家不受人注意的言谈举止上，这就是我为什么要把“生活”摆在“艺术”前面的理由。我努力尝试着在生活中而不是在展览会中发现艺术，在别人眼中似乎是一种本末倒置，我无法说不。在我看来，尽管巴黎已不再是艺术之都，但巴黎的艺

21 安娜·西莫南在她的文章中引用了热罗姆·兰东的话来说明“事实是不需要证据的”：“当我出版阿莱格的作品时，有人问我：你有什么证据认为这个你们不认识的人……不是一个说慌的人呢？证据，我当然没有，但是我相信事实，一部作品的真实性可以说是看得出来的，我可以肯定阿莱克所说的是真实的。”——安娜·西莫南，《被历史控制的文学——午夜出版社里的新小说和阿尔及利亚战争》，陈侗编，吴岳添译，湖南美术出版社，1999年版，第33页。

巴黎，桅楼书店的店堂。

术气氛依然存在，这种气氛部分地应当归功于这座城市的自由、散淡，正是因为这一点，我才感到也许生活在法国本身就是一种艺术。于是，无论是在“进修”期间还是“考察”期间，我都没有把自己想像成一个抱着一大堆理想和疑问的朝圣者（这一点当然不适应于我自己选定的“文学职业”），我很少进博物馆（这不是真的，我是说我没有为进博物馆作任何准备），也很少产生绘画的念头。大部分时间，我都是在大街上和地铁深处度过，至于那些触及艺术神经的时刻，则完全发生在书店和电影院里。进书店是我每日必修的主课，相比之下，上电影院就成了进夜校，我在两个不同的场所得到的东西可以分别置入“知识”和“想像”这两个互为影响的系统。根据这一交叉关系，令人惊讶的结论也许是：“知识”是从电影院里获得，而“想像”更应该属于书店。

巴黎，圣米歇尔大街34号吉贝尔·约瑟夫书店外景。

书的博物馆

每当人们把博尔赫斯书店与我本人附着于一体时，我都感到无地自容、拘束不安。我曾写过一篇提前的自传，并以“博尔赫斯书店”命名，这可以被当作眼下这本书的前篇，因为它们在采用延伸手法方面有着同样的节奏，留下了同样多的疑点。但是，《自己的世界》的确是法国文化的旅游读物，而《博尔赫斯书店》只是思想汇报，其中貌似真实的经历由于拼接过多显得煽情过度（在《自己的世界》

巴黎，圣米歇尔大街34号吉贝尔·约瑟夫书店文学部内景。

中，所知有限导致的“什么也没说”有效地杜绝了这一点）。人们无论读过还是没有读过我的自传，从博尔赫斯书店以及我本人被关注的程度来说，一家书店在促进当代文化方面所发挥的作用显然是被夸大了。这些夸大产生了相反的效果，促使我在现实艰巨条件下做出隐退的选择。当人们对此表示出不理解时，我的理由尽管不是惟一的但起码是可接受的：在中国，图书业的健康发展有赖于一个健康的文化机制，没有这种机制，任何理想最终获得的只能是虚荣。

我没有说是法国的书店启发了我作这种思考，因为我受到“文化背景”这一前提的限制。但是，假如历史不是均匀地施放它的影响力，我们又为什么不可以从别国的现成积累（即可见的成分）中找到完善机制的经验呢？

当博尔赫斯书店被我冷冻之后，人们总是向我打听在哪里可找到另一家特色书店。让我惊讶的是，打听者似乎不是为了买书，仅仅是因为好奇才想光顾一家特色书店，这迫使我去想，博尔赫斯书店除了它品种稀少是否还有其他的特色未被发现。又或者，这样的特色书店正以成倍的速度在各个城市以书吧、读书会及其他闻所未闻的形式被复制，它们的诞生标志着行业之间界线的清除，也标志着文化正在进行新一轮的整合。可是，这些令人振奋

巴黎，不事张扬的书店门脸。

圣米歇尔咖啡馆对面是吉贝尔·热纳（Gibert Jeune）书店的特价部。

圣日耳曼德普雷地铁站以书籍陈列渲染出拉丁区的人文特色。

的尝试难道不正是不完善的表现吗？

今天（2001年8月16日），报纸的头版头条登载的是让少数人喜让多数人忧的消息：**全国音像城年内全部关闭**。这条消息和我不久前作出的不买VCD、DVD的自我消费约束决定不谋而合。政府为了加入WTO而决心斩草除根，我为了完善乌托邦式的文化机制而决定从自己做起，出发点不同，但效果将是一致的。在未来的一段时间里，我们将经受必要的饥饿，以便清理肠胃，重新制订经济发展与文化发展之间的终生而非短暂的契约关系。我不会对政府的决策抱乐观的态度，因为更基础的教育问题还没有解决，但是我相信，任何人只要想到一件东西是他期待着产生的，他就有义务和冲动去保护它而不是随意占有它。

圣日耳曼德普雷林阴大道上的桅楼书店。

我住在巴黎国际艺术城，除了按照预约和作家、艺术家见面，无聊中的遣兴活动只剩下逛书店。艺术城离拉丁区非常近，于是我每天步行穿过塞纳河，去那些熟悉或不熟悉的书店里打发时光。次数多了，对于不同的书店就有了比较，而比较的结果让我感到，这些书店各自具有的特色是和中国的书店各自追求的特色完全两码事。首先是，巴黎没有像新华书店那样的国有制的连锁书店，最大的连锁书店“吉贝尔·约瑟夫”（Gibert Joseph）在全法国也只

巴黎，学府路58号午夜出版社名下的伙伴书店。

巴黎，莎士比亚书店。

有十一家，更多的是中小型书店，它们没有分店，而且经营地点和规模甚少改变，这一点当然得益于巴黎是一座受保护的城市而不是被建设的城市。其次，书店的私营性质和小型化并没有带来经营上的各出奇招，例如巴黎人虽喜欢泡咖啡馆，却找不到一家带咖啡馆的书店，甚至书店里也找不到一张给读者的椅子。能证明书店经营一体化和规范化的是上架图书的排列方式：所有的图书在架上均按作者姓氏字母由A向Z排列，而且复本一般不会多于两册，因此看上去书店和图书馆并没有太大的区别。这样做的好处是既方便读者找书、店员添货，又使品种的丰富不受店面规模的限制。于是，在多数情况下，当你在书架前浏览时，店员总会礼貌地说声Pardon（对不起），因为他/她不得不随时调整那些被读者摆错了位置的书。

伙伴书店的楼梯转角。

虽说营销方式相对一致，但微小的差异却是至关重要的，这就是我们所讲的"特色书店"。例如曾经第一个推出乔伊斯（James Joyce）《尤利西斯》的"莎士比亚书店"就是一家地地道道的英文书店，里面找不到一本法文书；位于拉丁区圣日耳曼德普雷林阴大道的"桅楼书店"（La hune）除了永远散发出一种奇异的书纸味道，还开放至深夜零点；圣十字街是同性恋者聚集的地方，街角的书店也是同性恋读物和同性恋作家的天下；"吉贝尔·约

法国南方某小城的旧书摊。

巴黎，塞纳河畔的旧书摊。除了旧书以及打折新书，大多数摊档也出售招贴画、明信片、小型纪念品，标价最低为五法郎。

瑟夫书店”最让人感到实惠的是同一本书既有原价出售的，也有近五折出售的，辨认也极为方便——书脊上贴有黄纸条为五折；“蒙娜丽莎书店”位于蓬皮杜文化中心附近，经营打折旧书，虽然好的品种不多，但旧画册还是很让贫困的艺术爱好者着迷；“弗拉克”（fnac）作为图书和音像制品的大型超市，它的品种特别齐全，尤其是连环漫画和侦探小说，为一般的书店所不及；午夜出版社名下的“伙伴书店”(Librairie Compagnie)拥有自己出版社最完整的出版物（当然也经营其他出版社的书），在那里还能找到其他书店找不到的相关作家的研究著作。例如让-克洛德·勒布伦（Jean-Claude Lebrun）的《让·艾什诺兹》由摩纳哥的罗歇尔出版社出版，只印了五千册，艾什诺兹获龚古尔奖后，这本书在其他书店再也找不到，但是它奇迹般地出现在伙伴书店的货架上，因为艾什诺兹今天已是午夜出版社的一块新的王牌。

巴黎，卢森堡公园附近的一间电影书店。

如果你想用藏书来体现法国近百年来的出版历史，那么最好的去处应当是塞纳河两岸的旧书摊。每天将近正午时分，如果天不下雨，懒散的摊主就会打开一个又一个的绿色旧箱子，展示他们各自的“秘笈”，从色情画报到政治家传记，应有尽有。不过，在这样的摊上选书得相当有耐性，因为虽说分类清楚，但“按字母排

伙伴书店的侦探小说专柜。

巴黎，位于索邦广场的哲学书店。

列”却不是像在书店那么严格。此外，如果相中某本书，就必须果断成交，否则的话，你第二天再赶去，可能就见不到摊主的影子，他高兴开张就来，不高兴开张就不来，反正那些书锁在箱子里，只可能是越来越值钱。

尽管法国的出版业在全世界只排到第四位，落后于德国，但是，以书籍的品种和质量来论，巴黎的大小书店加在一起，仍可以形容为一座可与卢浮宫媲美的博物馆。对于一个外国人来说，这个印象很大程度上是从书店图书分类的清晰获得的，分类越清晰，越能感觉出其中的丰富性。以文学为例，几乎所有的书店都是按照如下的分类来标明区域：1. 法国文学（现当代作家作品）；2. 诗歌；3. 戏剧；4. 盎格鲁－撒克逊文学；5. 日耳曼文学；6. 意大利语文学；7. 西班牙语文学；8. 俄语文学……9. 日本文学；10. 中国文学；11. 文学批评；12. 随笔；13. 侦探小说；14. 袖珍本；15. 古典作家；16. 作家研究；17. 文学史等。在大型和中型书店里，“法国文学”、“侦探小说”和“袖珍本”占的区域最多。从出版的情况来看，其实“法国文学”和“袖珍本”在内容上有很多是重复的，出于一般阅读目的的读者通常会选择袖珍本，即我们见到遗留在机舱座位和酒店房间的那种窄窄的、用新闻纸印刷的小书。当然，我相信，分类上的清晰也一定出现在出版业发

1998年，意大利作家翁贝尔托·艾柯的随笔集《怎样带着一条三文鱼旅行》法文版出版发行。这位曾以《玫瑰之名》风靡全球的符号学家在法国比在意大利更受欢迎。一般情况下，一个外国作家的作品总是由同一家出版社出版（例如艾柯，他的作品的法文版都由格拉塞出版社出版），这形成了图书市场的另一种规范。

此外，不管一本书畅销得多么红火，盗版事件在法国是不会发生的。

巴黎，香榭丽舍大街的电影院。

达而又尊重文化的其他国家。

对比中国的书店，我们就知道分类并非只是书店经营上的一种习惯，它其实还反映出一种文化态度。例如：中国的书店虽有划出“中国文学”的区域，但从未按照拼音或笔划排列作者姓氏；中国虽不流行“侦探小说”，但“武侠小说”盛行，只是还未能达到可以形成一个特定区域的强势，真正的武侠小说作者数不出几个；中国尽管也有袖珍本图书（例如译林出版社就做出了尝试），但书店在分类上从未给予另外对待。所以，在中国人的日常概念里，“袖珍书”是不存在的，而“精装书”一定是带硬壳的。没有“袖珍书”也就没有地铁阅读和旅行阅读的习惯，这大概可以叫做“意识决定存在”。

像其他商店一样，书店在周日不营业。

当我决定要到巴黎小住数月的时候，我曾答应为《视觉21》写一篇叫做“巴黎观影录”的文章，我估计，我将有足够的时间逐一了解法国的电影市场，甚至把那些向往已久的影片全部扫视一遍（这并非没有可能，每星期三出版的Pariscoupe罗列了近三百部在一个星期内放映的所有影片，其中新片居多，但也不乏旧片）。但是，我万万没有想到，在我意识到我的计划由于资金不足无法实现时，我看到的第一部影片竟然是中国年轻导演张冰鉴的《男男男／女女女》，一部在国内闻所未闻的影

Les Inrockuptibles 周刊 2000 年 11 月 7 日号重点介绍王家卫的影片《花样年华》。

Les Inrockuptibles 是法国非常有名的介绍摇滚乐、电影、图书、艺术的周刊。我们无法翻译这个刊名，因为 inrockuptibles 是一个被改装的词，它让人想起法语中读音相同的另一个词：不腐败的（incorruptible）。原来，70 年代末，一帮年青人为了办一个摇滚乐杂志，并想保持一个无论是在音乐上还是思想上都相当强烈的独立性，找到了“不可腐败”这个词作为杂志名。他们发现，incorruptible 中的 cor 倒过来就是 roc，只需加一个 k，就成了 rock（摇滚）。于是，他们将两个 r 中的一个抽去，代之以 k，又将 cor 倒成 roc，这样就产生了 inrockuptiblas 这个让人从读音上想到“不可腐败”，从视觉上想到“摇滚”的杂志。

同时，这个杂志名字可能也来自于 70 年代初在法国家喻户晓的一部美国电视连续剧：《不可腐败》（incorruptible）。杂志的创办者当时正是十来二十岁的年轻人，相信他们也一定很喜欢这部连续剧，他们最初的灵感可能就是从这里来的（关于 inrockuptibles 这个名词的来历，我应当特别感谢罗内女士，是她做了以上详尽的解释）。

片。就其内容——普遍的同性恋倾向——来说，我相信拷贝是经特殊的渠道才卖到法国的。以后，在我看过的五部影片中，中国影片占了三部，这可能是因为原声放映对我来说没有观看的困难，也可能是因为陪同我观看的不是中国人就是懂中国话的法国人。然而，让我感到滑稽的也正是这一点：我在异国他乡看中国影片，好像是对白天的失语症的报复；如果放映厅里只有我一个中国人，那么真正能看懂影片并接受影片所有声音信息的，我相信除我之外别无他人。

杨德昌的影片《一一》在巴黎首映时的招贴画。

我所说的中国影片，当然也包括香港和台湾生产的影片。2000 年 10 月和 11 月间，巴黎各家影院先后推出李安的《卧虎藏龙》、杨德昌的《一一》、娄烨的《苏州河》、张冰鉴的《男男男／女女女》、王家卫的《花样年华》、张扬的《洗澡》，旧片则有侯孝贤的《海上花》、王家卫的《重庆森林》等，甚至电视里也不失时机地播出贾樟柯的《小武》。影片数目虽只占百分之几，远远少于美国片和法国片，但是在媒体上所占的位置却相当重要：在地铁站的通道里你躲不开李连杰的形象；走出地铁站你又碰上了张曼玉的半截旗袍；Les Inrockuptibles 杂志封面是张曼玉躺在梁朝伟的床上，里面除专题外还夹送《花样年华》的原声音乐CD。有好几个星期，Pariscoupe上由影评家根据各自喜好评出的

诺曼底小城阿朗松，排队进电影院的人群。

最佳影片中，《一一》、《卧虎藏龙》、《花样年华》一直都排在前四位，《一一》更是位居第一。其实，杨德昌的《一一》虽然主题深刻，但片长不能不说令人犯困，奇怪的是，巴黎人的散漫和耐心似乎就是专门用来对付这种影片的，上映都一个月了，他们还是规规矩矩地排长队，这样一来，上座率的不完全统计也是十五万有余。究竟是什么力量使得自以为是的巴黎人在当代文化上独独为中国电影展示大方呢？说实话，当一部中国影片中夹杂着各种方言时（在《一一》中是台湾腔的普通话与闽南话，在《花样年华》中是广东话与上海话），光看字幕的巴黎人又如何能够体会到中国文化自身的差异呢？

《电影手册》1999年1月号隆重介绍贾樟柯的影片《小武》。

无疑，中国电影在西方的受宠，带来了中国文化整体扩张的某种错觉。我们可以设想一个中国人在巴黎一天的生活：上午，参观一个中国文物展；中午，收听华语频道节目；下午，去十三区中国城购物，顺手带回一张中文报纸；晚上，再到电影院看一场中国电影——无需刻意选择，每天都可以重复着去做这些事情，巴黎的丰富性将为这一切提供方便。但是，这样就表明某种乐观的民族情绪——“未来是中国的世纪”——临近了吗？不然。比如，巴黎的书店虽有中国文学的专柜，但它的分量甚至还不及日本文学，所能见到的翻译作品

根据玛格丽特·杜拉斯的小说《情人》改编的同名电影（导演：让－雅克·阿诺）带有浓烈的异国情调色彩。（图片选自《观点》周刊1992年1月11日号）

大都是鲁迅、老舍等老一辈作家的，当然也有贾平凹、苏童等当代作家的。令人不解的是，无论这些作品写的是什么，封面一律装饰以中国古代的图形、纹样或者绘画，要不然就是龙飞凤舞的中国书法。于是，第一个错觉产生了：中国文化在西方人眼中总是一些固定不变的东西。此外，另一方面，目前中国所传达给西方的信息又确实不止是一本小说的封面那么多，中国在国际事务中所扮演的越来越重要的角色，使得西方人在理智上相信有一个“现代化的中国”，而在感情上则将中国置于“异国情调”的追忆当中。于是，第二个错觉产生了：电影，作为活动的影像，在电影发行机制和电影工业化的影响下，它所传达的既是某种现代信息，又是异国情调的完整定义。

杨德昌的影片《一一》剧照。

要说现今的中国影片在继续走迎合西方的老路则有失公允，除了《花样年华》中张曼玉频繁更换旗袍能让时装之都为之一震，我想，杨德昌影片中的亚洲式现代化景观、李安影片中卡通片式的武林神话，这些专为中国人道德和人文规范订制的影像并非那么轻易地能让西方观众从中捕获“异国情调”。和王家卫的60年代爱情手册相比，李安的武术宝典所起到的作用似乎更积极一些：首先，让西方人在他们的中国认识中再次提取“中国功夫”这个经久不衰的话题；然后，进一步告诉他们一

让－菲利普·图森在他妹妹安娜－多米尼克（Anne-Dominique Toussaint）的制片公司。公司的名字则取自图森一家当年在巴黎居住时街道的名字：TOURNELLES。

让－菲利普·图森和安娜－多米尼克·图森在TOURNELLES制片公司。让－菲利普·图森的影片均由这家公司出品。

哥哥采访妹妹

（1989 年）

让－菲利普住在科西嘉岛上一个只有25人的偏僻小村。没有电话。他也就惯于拒绝采访。为了我们，他同意采访他的妹妹（？！）。为什么是他妹妹？因为是她出品了他的电影。让－菲利普三十二岁，安娜－多米尼克三十岁。都是年轻人，不是吗？

哥哥：你什么时候有想法要出品电影？

妹妹：你叫我出品你的电影的时候。

哥哥：要是我没有打算把《先生》改编成电影，你认为你就不会去出品电影吗？换句话说，如果我是救护车司机，你就会去当护士吗？

妹妹：我想崭露头角已经有一段时间了。出品电影，我觉得就是找到一个剧本和一位信得过的导演。其余都是次要的。只不过是工作，是精力，是耐心。

哥哥：这一切从没吓着你？你从不害怕完成不了？要知道我对导演一窍不通，而你对摄影工作也一窍不通。

妹妹：影片就在你的头脑中，几乎已经分成一个一个的镜头了，你又清楚准确地知道你所需要的演员、布景、画面、服装。只要给你配上高水平的技术人员，就可以按你的想像去导演电影。《先生》是一部地道的作家电影。你写了书，一切都源于你，源于你的世界。我相信你当电影家的能力强过当救护车司机。至于说到害怕，不错，我害怕过。

哥哥：摄制过程是怎样进行的？

妹妹：从我们做出拍电影的决定到今天，已有两年。我邀集了一些资金合作伙伴，其中一些合作得非常愉快，另一些则中途退出。这工作需要意志坚定的人。布鲁塞尔验资委员会决定为我们支付影片中一个驾驶员五分钟工作时间的费用。如此实际地展示了电影精神，也迫使我们一开头就选出扮演先生的演员。

哥哥：你在这个选择中起了什么作用？

妹妹：我在多瓦庸拍的《情人》一片中看过多米尼克·古尔德的演出。我觉得他人很好，又长得非常英俊。第二天，我就打电话给他：“我是电影制片人，我想见见你。”他立刻跟我说好的。这开始使我觉得做制片人挺开心的。我们俩见了第一次面，在第二次我和你去见他的时候，我们事先说好，如果你喜欢他，就请他吃晚饭，我们到达沃斯日广场时，你紧紧握着他的手，问他有没有空一起吃晚饭。

哥哥：后来呢？他有空一起吃晚饭吗？

妹妹：有。我们去吃了顿腌酸菜，你第二天就开始和他一起工作了。那是开拍前一年的事，通常，我们共同选择演员。对于每一个角色，你都有一个非常明确的意见。而这都是对影片人物完美形体的意见，对某个具体演员或表演方式你却不

让－菲利普·图森的影片《溜冰场》（1999 年）。
（剧照由让－菲利普·图森提供）

大考虑。

哥哥：也许，只有卡尔兹这个角色例外。我看好沃吉克·皮佐尼亚克，我在卡伍兹克的《我恨演员们》一片中看过他。这位喜剧演员具有真正的喜剧性格。我不但认为他演卡尔兹非常理想，而且，我所理解的先生，是个很安宁、很谨慎的人，我觉得需要一个情感丰富的演员来演卡尔兹，使他们互相突出对方的特点。等等，我想应该是我提问，对不对？现在电影拍完了，你的日程安排得很满，是吗？一分钟的空都没有，整天都是约会，电话响个不停。你怎样解释你一秒钟也停不下来而我却看起来总是无事可干？

妹妹：因为我在做所有的事。事实上，制片人比任何人干得都多。开拍前，得估计影片成本、找到钱、准备资料、说服人、签合同、组一个班子，还有引导导演。在拍摄和剪辑期间，才显得安静些。可我每天都去摄影棚，因为我喜欢，这是我的第一次。我很激动。

哥哥：那我呢，我做了些什么？

妹妹：你嘛，在拍摄和剪辑期间才发挥作用。导演一部电影是一项非常特殊的工作，需要极其专注，思维要敏捷。在作重要决策时，要果断、坚定，但也要懂得灵活处事。在那些时候的你最令我惊愕。但是，电影拍完、剪辑好、合成好后，制片人还有大量的工作，得核算开支，安排首映，考虑广告和宣传，关心国外销路。

哥哥：请回答我提出的问题……

（曾晓阳译）

些已经失传了的人生道理。

最后的分析只能是回到电影的工业特性，以此来证明即便是“异国情调”也只有在工业化的生产线以及流通环节中才能呈现。电影是目前惟一按照同一技术指标被生产和被传播的艺术，因此它也成为公共艺术中惟一可以通过仪式——购票、进场、落座、观看、散场——来完成其信息被全面接受的艺术。在另一类集体欣赏艺术的空间里——例如参观博物馆，人们观看的次序和所花的时间是不尽相同的，因而接受的信息也是不同的。在阅读一部中国小说的时候，由于不受集体行为的控制，西方读者可能会因为各种因素的阻碍而中途放下或匆匆翻过。但是在电影院里，这种半途而废的情形几乎是很难发生的。出于礼貌或习惯，人们甚至等到了银幕完全变白才离座。再加上走出影院到乘上交通工具之间总有或长或短的一段距离，而结伴而行总比独自一人居多，所以，对影片的评价——通常是交换看法——也成为观看仪式的最后的然而也是最重要的必然环节。

我想，中国电影就是依仗了电影工业的体制化和习俗化，才比任何其他形式的文化产品更具有占领西方市场的能力。由于电影作为一个信息载体只是部分地传达出其生产国的文化特性，那么，不足的部分将是由其他的文化类别——例如小说、诗

我决意在这里不谈法国电影，是因为关于法国电影的书已经出版了很多，而且人们从各种秘密的渠道也获得了很多及时的信息。至于谈到中国电影，我认为，由于文中只涉及到观看的态度，这样就带出了艺术的另一个方面：观看即创造。无论是在法国还是在中国，观众对电影的支持不仅是对票房的支持，更是理解一部电影的关键。所以，当罗伯-格里耶说不要相信《去年在马里安巴德》有“去年”和“今年”时，他指的不是他自己或雷乃不要相信，而是作为影片终端的观众不要相信。导演的“劝说”一旦成功，影片就在观众那里获得了它的生命。

让－菲利普·图森的影片《溜冰场》（1999年）。
（剧照由让－菲利普·图森提供）

TOURNELLES制片公司的办公室，画面上的冰球帽与上图剧照中的冰球帽为同一顶。

歌、绘画——来填补。但是，在此类产品本身缺少高度的工业化和未完善相应体制的情况下，中国当代文化向世界的全面输送目前就只有单靠电影这一叶扁舟了。

这本书写到现在该接近尾声了吧？我希望是。然而，在需要一个转弯、一个回锋的地方，我的笔却呆滞不动了。我在找一座桥，以便从一个主题跨向另一个主题。但是桥在哪里？现实的桥在巴黎的塞纳河上一共有三十二座，它们连接了左岸和右岸，也连接了我的生活和我的文化理想；可是思想意义上的桥决不是现成的，它有可能本身就是思想，需要逐渐地搭建，按照功能原则和美学原则……

就在这个时候，我放下了写作的困难，作了一次短途旅行，前往二百四十公里以外的海滨城市阳江。我坐在汽车的后排座位上，脸向着窗外，一直注视着高速公路两侧。那些最早出现在视线内的民宅和厂房，单调、奢华、过分密集，准确地阐释着中国南方富裕地区的现代化特征；与之相比，另一些随后来到的未被开发地带的自然景色则显得极为珍贵。尽管减速玻璃无法留住这一切，但是我的思想已经把眼前的稻田、树丛、土丘、水塘与诺曼底地区的乡村风景重叠成了同一个画面，它们是回忆，是现实，也是暂时未被命名的希望。我想起去年夏天在比利时塞内夫城堡树林里悠闲的散

1998 年 11 月，阿兰·罗伯 - 格里耶在中国南方旅行的途中。

步，也想起几个月前在法国境内所作的那次距离相当的旅行。大概是因为绿色的确象征着生命，我感到从此以后我的生活已很难跟从城市变化的节奏，它注定要恢复童年时的单纯、宁静，打着传统的幌子去实现新一轮的自我观照……这一切——人们将说——是否来得太早了呢？

不，一点不早，正是时候。我坚持要在短短的十天内作一次诺曼底之行，在别人看来也许是徒劳无益的，至少我最信赖的朋友杨诘苍没有给以鼓励。杨知道我把时间消耗在铁路上，决不是为了重温历史上著名的盟军登陆，也并非为了接近大海，我的举动直接牵涉到一个他并不怎么喜欢的人物：阿兰·罗伯-格里耶。在杨的心目中，这位“过时的明星”有着“资产阶级右翼作家”的典型特征——骄傲、自恋、脱离现实、趣味腐朽，因此他一直反对我与之过分接近。我以为，杨的这种观点并非他自己发明的，而是50年代之后各种反对声音的汇总和提炼，或者是受到了我曾经留在他桌子上的一叠照片的刺激：面朝布洛涅树林的公寓套间里，作家坐在一张稍稍有些下陷的红色绒布沙发上，四周是带有纹饰的古典风格的桌子和椅子，其中的一张椅子上似乎是永久地搭着作家夫人神秘的披肩，让人马上想到画家雷诺阿（Auguste Renoir）某幅并不著名的《夫人与猫》，这幅画最终又演变成墙上的另一幅，

法国公路景色。

罗伯-格里耶在农村

罗伯－格里耶在诺曼底的麦尼尔城堡。此时，作家已完成《反复》这部新的小说。2001 年 10 月，为了预祝他八十岁生日，法国将为他举行一系列活动，其中包括几本新书的出版、《批评》和《文学杂志》的特刊，以及蓬皮杜文化中心的展览。

1957年，罗伯－格里耶住进了位于巴黎布洛涅树林旁的公寓楼。四十多年来，这里的一切很少发生改变。

作家给它取的名字是“一只猫挡住了另一只猫”，无疑，它的色情含义使“资产阶级”这个定义具体化了，成了“窥视者”无法消灭的罪证。

诺曼底城市阿朗松的火车站月台。图中上方的方向指示牌上写着“Surdon”，这是我们回巴黎的中转站。罗伯-格里耶从我们的车票上发现了这个地名，他固执地认为，这是一个不存在的地名。

让认识永远保留在认识者的观念世界里吧，我们该呼吸一下自然界的新鲜空气了。我们——我、鲁毅、蒙田（她充当我们的临时翻译）——从圣拉扎尔车站出发的时候已经中午时分了，按照罗伯-格里耶在电话里所作的准确估计，两个小时后我们将在康城火车站下车，然后从出站口乘出租，二十五分钟车程后，我们将到达麦尼尔城堡。一切都是按计划进行的，就像有情报机关在暗中插手：连日来，法国境内的火车线路大部分因罢工而瘫痪，唯独西线铁路运行正常；14点11分，我们准时走出火车站，招手叫了一辆出租，这个司机虽然不是罗伯-格里耶想像的那一个，但却是那些个当中的一个，换句话说，所有的康城出租车司机都曾接送过罗伯-格里耶。坐上出租，我们看着这位满脸红光、穿白色紧身T恤的年轻司机，问他对罗伯-格里耶看法如何。他说他人很好，是个和善的老头，只是他不怎么读这位老主顾的作品，但他的妻子非常欣赏，因为她在课堂上要讲授他的小说（我猜是《嫉妒》）。出租车驶离市区后，很快拐入乡间公路，我们的视野一下子变得十分开阔。他住的可是真正的农村，司

进入麦尼尔城堡的连续镜头。

机对我们说。当然，我心想。在《昂热丽克或迷醉》中，罗伯－格里耶写道：我愿在乡下生活。当这句话变成眼前的真实时，它就具有一种力量，驱动着我去思考一些自接触新小说（尤其是作家本人）以来从来没有思考过的问题，例如：罗伯－格里耶是否更愿意人们把他当成农艺师而不是作家看待；或者是：作家生活是否就是不停地写作这么简单。

我从未见到过一个正在写作的作家（这和经常见到一个画家在作画完全不同），这说明写作是一件十分隐秘的工作。因此，了解一个作家，除了通过他的作品，也必须通过他的生活。对于罗伯－格里耶来说，作品中那些常常被人误解的部分并非完全虚构的，它们是事实，只不过没有简单地还原出现实主义的真实效果。所以，当热罗姆·兰东慷慨地表示要以预支版税的办法来帮助罗伯-格里耶买下城堡时，后者为了表示感激，透露了一个小小的秘密：《窥视者》中的小姑娘确有其人，她既不叫维奥尔特，也不叫雅克琳娜，而是叫昂热丽克……[22]

出租车驶近城堡的时候，整个画面颇似一个电影的长镜头： 首先是车子离开了公路，轮子发出压在石子上的声音，迎面而来的是由一排排高大的不知名的树组成的林子；接着，在树的间隙中和蓝色的天空中露出了灰色的城堡，罗伯－格里耶那

罗伯－格里耶为他的作品选集中文版所写的前言：

我喜欢中国南方。我愿意在梦中去那里漫游，坐在一头懒洋洋的黑色水牛上，它最后完全睡着了，而它那梦游者般的沉重、缓慢、颠簸着的移动却没有中断。不久，它进入了梦中。它想像水波荡漾着它的睡意；它是一艘运载金子或更贵重物品的货船：我的旧作和近作的新的中文版就装在上面。

我喜欢我的小说出现在具有远古文化的世界尽头的这个国家，我们法国的中世纪曾将其描绘成契丹帝国、想像中的和天使般美丽公主的国度。我设想，在市中心一条拥挤的街巷里，广州的女大学生在一家小餐馆的桌旁读《幽会的房子》，甚至，为什么不，少年骑在水田中央的黑色水牛上，辨认亨利·德·科兰特伯爵在布罗塞里安德森林，在布列塔尼，在世界另一头的骑士式的冒险……

1998年4月23日

22　参见《罗伯－格里耶作品选集》，第三卷，第451—452页，湖南美术出版社1998年版。

麦尼尔城堡的温室。

麦尼尔城堡温室内景。罗伯-格里耶每次旅行到热带地区，总要收集各式各样的仙人球。

略显驼背的身影已经出现在门口的台阶上了。镜头一步步推近，直到看清老作家花白的头发胡子以及一双便胶鞋才嘎然而止。车门打开，我们拥抱，[23] 时间正好是14点40分。

当需要呼唤园丁时，罗伯-格里耶就拉响这个铃当。

叙述又一次搁浅了。我的思想空间被城堡及其周围的景色填满，以至于找不到任何通向文学主题的缺口。我不知道要不要顺着城堡的墙根走向花园，带领读者去了解农艺师丰硕的栽培；或者是呆在城堡里，把那些在厨房和客厅里的对话誊抄一遍（这些对话被记录在微型磁带里，它们不是通常意义上的采访，仅仅是未经选择的现场录音）。总之，对城堡的访问很像是一次日常的走亲戚，在屋子里喝上一小杯，在午后的花园里散步，在深色的湖中划船……让我们忘掉“新小说”吧！既然它的面目从来都是那么令人憎恶，为什么不趁机把它还给批评家和大学教授呢？我甚至还在想，在我多年来对罗伯-格里耶的不遗余力的鼓吹当中，是否有意无意地夸大了思想观念与现实存在之间的矛盾呢？一个新小说作家生活在一座城堡里，这听起来好像有点不可思议。无论如何，“城堡”一词给人的感觉是封闭的、自足的，它几乎与“现代”无关。我记得，当费德里科·孔潘（Frederic Compain）在电视采访中问罗伯-格里耶“为什么屋子里没有

23 “我们拥抱”这个句子第一次的出现是在第21页，它是自动流露的，就像拥抱本身。如果说生活在中国有什么真正不满足的话，其中一点可能就是没有“拥抱”，没有“普遍的亲吻”。高氏兄弟的《拥抱20分钟乌托邦》以新奇而无奈的方式批判了我们的“普遍的隔膜”。

罗伯-格里耶领着我们参观他的植物园和池塘。

城堡地窖里贮存的鲜果制品，没有标签的属于城堡自产。

对罗伯-格里耶的调查

为了界定其自传领域的范围，让我们深入到档案中的片断吧。显而易见，在罗伯-格里耶的生涯中，有许许多多值得注意的访谈录（对于大量一种“主观的”经济学而言，这是不可忽视的）。因此，我们将发掘出一篇属于访谈录“形式”的文献，它是依据一些精确的规则进行的，而这些规则在一定意义上构成一种“缩微”景观。这是罗伯-格里耶对《马塞尔·普鲁斯特》一书调查表的回答，在1965年10月号的《法国图书》一期中可以找到（阿谢特出版社）。

对您而言，不幸之至是什么？
我不知道。

您喜欢住在什么地方？
我住的地方：农村。

您关于尘世幸福的理想？
我不知道。

您最难宽恕什么样的错误？
我的过错。

哪些是您较喜欢的小说主人公？
我对小说主人公没有好感。

谁是您喜欢的历史人物？
耶稣？苏格拉底？

现实生活中您喜欢的女主角？
没有女主角。

虚构故事中您喜欢的女主角？
没有女主角。

您喜欢的画家？
变来变去：居斯塔夫·莫罗，保罗·克利等。

您喜欢的音乐家？
四重唱的巴托克？四重奏的贝多芬？

您喜欢的男人的品格？
想像力，爽直……

您喜欢的女人的品格？
魅力，热情……

您喜欢的德行？
坚定。

您喜欢的事情？
什么也不做。

您曾经想成为什么人？
阿兰·罗伯-格里耶。

我的主要性格特点？
坦率。

对于我的朋友，我最欣赏的是？
忠诚。

我最主要的缺点？
骄傲。

我关于幸福的梦想？

有时间。

什么是我最大的不幸。
我不知道。

我最想成为的人是？
阿兰·罗伯－格里耶。

我较喜欢的颜色？
金黄色？浅绿色？

我喜欢的花？
蓝蝴蝶花、龙胆和其余许多。

我较喜欢的鸟？
可能是海鸥。

我喜爱的散文作家？
福楼拜，卡夫卡。

我喜爱的诗人？
阿波里奈尔，亨利·米修。

我的现实生活中的英雄？
没有英雄。

我的历史中的女英雄？
没有女英雄。

我特别喜爱的名字？
卡特琳娜和菲亚梅塔。

我最为痛恨的是？
别人打扰我。

我最讨厌的历史特征？
这是什么意思？

我最欣赏的军事行动？
撤退、投降和停战。

我最欣赏的改革？
米制！

我想具有的自然赠礼？
分身有术。

我希望怎样死去？
我不知道。

我目前的精神状态？
不安。

我的座右铭？
没有。※

（谢夫·霍佩曼编，杨令飞译）

选自谢夫·霍佩曼著《阿兰·罗伯－格里耶，自传》Editions Rodopi B.V.,Amsterdam-Atlanta, GA 1993。

※　我尤其欣赏这个事实（编辑的疏忽所致？），在专有名词出现的那一刻，人称从第二人称变为第一人称。——原注

张挂现代绘画”时，这位热情赞扬过克利(Paul Klee)和玛格丽特(Rene Magritte)、与劳申伯格(Robert Rauschenberg)有过合作的“业余画家”回答道：“我收藏有很多现代绘画，但是我不能和它们生活在一起。”而在差不多同一时期，当有人问及罗伯-格里耶喜欢读什么书时，他也说过和这一观点相似的另一句话：我读的都是古典作品。

罗伯-格里耶为我们准备便餐。

如果有人问我为何要紧紧追随一位已经不再领导潮流的作家，我的回答将会让我的“先锋”形象大打折扣：为了寻找事物的根源和变化过程。自从出版了《重现的镜子》以来，关于“新小说”的种种说法事实上不再成为我阅读罗伯-格里耶的坐标，除了一种决裂意识还在指导我去分辨什么是真正的“新”，那种把不同的探索强行归类的做法已经被证明是极其可笑的。我们不光要嘲笑那些对比，也要嘲笑附加在文学革新者身上的那些记号、那些表明时代特点的外衣，因为它们完全不符合我在亲近这些对象时所获得的认识。

罗伯-格里耶写作的精确性在生活中也随处可见，这个收拾得很整齐的碗柜也让人想起他那些无须打字直接送去印刷厂排版的手稿。

对麦尼尔城堡最充分的描述将由前面的那些照片完成，它们与我同一时期拍摄的另一组照片共同构成了法国生活的田园景象，并且不时地引导我在中国南方农村寻找对应的感觉。那是在迪戎，为了让我的这本书获得一些意外的素材，画家严培

迪戎，巴尔比雷花园的主人医生加洛德。

巴尔比雷花园。

明带我前往二十五公里以远的郊外去见他的一位朋友，医生罗兰·加洛德（Roland Garauded），当然不是在诊所里，而是在一座巨大的花园里。严培明告诉我，十五年前，医生花了一百五十万法郎买下了这个建于十九世纪的花园，精心维护之后，使它成为了一个公众花园，也就是说，一个时常有人参观的花园，人们在里面既可以欣赏各种植物，也可以观看艺术家的作品。花园的城堡里，每年不定期地都会举行一些文化活动（当然大部分的活动都以自然为主题），这些活动得到了政府的大力支持，人们期待着有更多的有识之士拯救自然和文化遗迹……

巴尔比雷花园的三个观看角度。

我们走进花园的时候，加洛德医生正和一些参观者坐在户外聊天，他的身体看上去非常结实，如果不是事先知道他的职业是医生，很容易把他误认为是被雇来的园丁。我们坐下来喝茶，接着穿过那座十七世纪的城堡，在开阔的草地上散步。远处的小山丘上，几只天鹅正在欢快地拍打着翅膀冲下山坡。城堡的会客厅里响起了电话铃声，但是没有人能够听得见。加洛德医生仍然坐在太阳下，又有一些慕名而来的参观者走进了花园。

花园与城堡

我承认，表现自然从来都不是我擅长的，我缺乏这方面的必要知识，而且我的记忆力对于我的描述也起不了什么作用。我有意将诺曼底的城堡和迪戎的这座花园

严培明和加洛德医生在巴尔比雷花园（这个画面让我想起连环画《白求恩在中国》中毛泽东会见白求恩的情景）。

联系在一起，并非为了进行规模上的对照，说其中一个更隐秘另一个更开放，我所要做的只是把它们串成一幅印象派（请原谅我再次提到这个和“当代”无关的词）的风景画，在那里找到一些与这个时代的现代化表面截然不同的东西。然而，这些东西将以什么来命名，它们是伸手可及的还是遥遥无期的，这对于只是短暂地居于自然之间的我来说，作出回答为时尚早 。

1999年的圣诞节，法国和德国遭受了百年未遇的飓风袭击，无数古树一夜之间齐刷刷躺倒在地。在麦尼尔城堡，罗伯-格里耶像一头被困在笼中的狮子目睹着这场灾难，陷入了极度的绝望当中。一年后，当他领着我们参观他的花园时，昔日作为农艺师的那种自豪感已经蒙上了一层难以觉察的悲伤。虽然整座城堡依然在绿色的包围当中，但对于罗伯-格里耶来说，已然稀疏的树林使它看起来更像是一座受到战争重创的城市。我以为这场灾难一定写进了他的新书《反复》里，但是他说没有。[24] 和《重现的镜子》等“传奇故事”（romanesque）不一样，《反复》是一部小说（roman），如果说它是在某种启发下写成的，那么，作为对应物的便是克尔凯戈尔的假名作品：《重复》。

24 或许是我的记忆有误？在写下了文中的句子一个月之后，我收到了《反复》的译稿，我发现，作为叙述者之一的罗伯-格里耶在“第二幕”中以确切方式提到了标志世纪之末的这场灾难，并且将它与1987年的龙卷风进行了对照。因此，我应当说，也许我的提问是“《反复》是不是在飓风的刺激下写成的”。但是，保留这个错误的记忆并非没有意义，它完全适应了《反复》中以“按语”的方式修正叙述错误的叙述者的爱好。

经受飓风袭击后的麦尼尔城堡成了伐木场。

重复——请原谅我在百般无奈之中使用“顶针”这一修辞手段——这也是本书潜在的一个主题。路线的重复，叙述的重复，人物的重复（或复现）……所有的重复都表明“有重复存在是很幸运的”[25]，如果没有重复，思想就缺少展开的机会（此时，我是不是一不小心也误入了德勒兹（Gilles Deleuze）的概念领地呢？无论如何，“重复”与“重叠”之间有着相关的可能性）。

灾难过去一年后，杨诘苍在飓风的刺激下创作了一件他称之为“工笔画装置”的大型作品，起初没有名字，直到展出的前夕才把它叫做《飓风眼》。和作者过去的很多作品一样，《飓风眼》是一次成功的文化利用，既利用了骇人听闻的飓风事件，又利用了中国传统的工笔重彩形式。根据作者一贯的艺术主张，我们可以说，《飓风眼》是《再拧一圈螺丝钉》、《千层墨》、《瞭望塔》的又一次重复。关于这一点，人们是否给予了足够的重视呢？

为了重复（无论是出于结构的还是修辞的需要），我决定找回那些抛掷在远处的线头，重新连接，以便展现一个我个人不在其中的世界，就像从“他者”的目光看去一样，这大概能避免让人给出“主观”这一结论。然而，这一次时间已经不够了。昨天晚上，诘苍从巴黎经香港来

25 参见索伦·克尔凯郭尔，《重复》，中文版译者前言，百花文艺出版社2000年版。

杨诘苍作品：《飓风眼》，装置，工笔画、树木、海绵、人工花，2000年，1000cm × 1000cm，为“巴黎作为中转站”特展而作。巴黎市立现代美术馆，2000年11月至2001年1月。

到了广州，我担心他读了这本书之后，会重新跃动起他的记忆，指出书中大量的空缺，在这里加一点，在那里挖一点……我当然乐意听取他的意见，可是时间真的不够了。为了尽早地开始新的生活，我在EMS信封上写下了收件人的姓名和地址。

后 记

2000年10月，在中国美术学院出版社编辑洛齐的提议下，我开始考虑以游记的笔法写这本小书。断断续续地，我花了几个月时间写出初稿，搁置一年后又作了一些修改，感觉到比我的上一本书要精致和完整。不过，当我向人说起这本书时，我却不知道如何给它归类。后来，我的朋友鲁毅偶然说出“反游记”这个词，使我稍稍清楚了这本书的方向：讲述一个人如何走不出“自己的世界”。“反游记”是一个不错的提示，比“游记”的包容性更大，在它的名义下可以写出一大堆非虚构作品。可惜的是，在这本想像的空间被图片占领的书中，我无法真正接近“反游记”的含义，因为过多的介绍性材料将我摆在了叙述的被动位置，这是我自接触“新小说”以来所不愿看到的。至于这一结果所导致的疏忽和缺陷，我相信人们能用旅行者的热情去加以弥补；或者也像我一样，把“局限性”作为观察和思考的支点。

我由衷地感谢洛齐（他的提议和慷慨促成了本书在我的“基地”湖南美术出版社出版），还有李路明和李晓山（他们对待这本书的热情如同我自己）；感谢为我的素材收集工作提供帮助的马海（Christian Mérer）、姚为民、麦连城、杨诘苍、杨天娜（Matine Koppel-Yang）、黄永砯、沈远、蒙田、曹丹、希蓓、弗朗索瓦兹·波特罗（Françoise Bottero）、伊莱娜·兰东（Irene Lindon）、卡特琳娜·韦克吕丝(Catherine Vercruyce)、顾磊克(Fréderic le Gouriérec)、余中先，以及接受我的采访的众多艺术家；同样，我也应当感谢曾晓阳为我翻译素材，感谢黄靖靖为我将所有的采访录音转为文字。

从我个人的角度来说，写作这本小书也是为了怀念一年前离开了我们的热罗姆·兰东先生，他在我的心目中永远是最值得尊敬和学习的Un homme livre（书人）。

陈 侗

2002年5月5日